新潮文庫

窓際OL
親と上司は選べない

斎藤由香著

新潮社版

8360

はじめに

ウチの会社の健康食品事業部のメンバーは、大学との共同研究や学会発表、各種安全性試験、商品開発で忙しい。農学博士や歯学博士、薬剤師、管理栄養士、サプリメントアドバイザーらは品質会議でスケジュールがぎっしり。

私は健康食品の広報担当だが、大した成果も出せず、ブラブラしている毎日を思うと、「私って給料泥棒だなあ」と、マジに思う。

毎朝、六時に起床する。冬は真っ暗なので、「今日も会社かあ」と、どんより。しかし、家を出て電車に乗り、オフィスに着く頃には、

「今日は会社でどんなに面白いことが起こるかな?」

と、ワクワクしている。

父は私が小学一年生の時に躁鬱《そううつ》病になった。株を売買したり、浪花節《なにわぶし》を大声で歌って大騒ぎ。家族で海水浴や遊園地に行ったこともなく家の中はグチャグチャ。

きちんとした背広姿の友人のお父さんが羨《うらや》ましくて、「人間がまっとうに生きるにはサラリーマンが一番」と思って会社に入社した。

しかし、会社はもっとグチャグチャだった。食べてばかりの胃袋部長や、小心翼々とした小ネズミ部長がいたり、超真面目《まじめ》な研究者がいたり、みんな、毎日慌《あわただ》しく働いている。安全で安心な最高品質の商品をお客様にお届けしようと、みんな必死だ。必死だからこそ、ドタバタになり、朝からすごい熱気だ。

私が入社した頃は、会社のOBである作家の開高健《たけし》さんや山口瞳《ひとみ》さんが、よく会社に遊びにいらしていた。昔は、芥川賞や直木賞を受賞したお二人が宣伝部で机を並べて働いていたという。

そのDNAが残っていて、アークヒルズのコンサートホール、ミュージアム、美術館、音楽財団、文化財団をやっているから、そこにまたドタバタが生じる。

しかも、本社が大阪なので、〝オモロイことには命をかける〟社風がある。

先日、津川雅彦《まさひこ》さんの従弟《いとこ》であるT部長のところに遊びに行った。T部長はオレ様体質で威張りん坊。山口瞳さんや開高健さんの本を出版したこともあり、出版のノウハウがわかっているのだ。

「オイ、オマエのコラム、パワーダウンなのは否《いな》めないよなあ。オレが編集長だったら、オマエの連載、マジにヤバイよ。どんなアーティストでも一曲目はいいけど、二曲目はダメっていうからな。まあ、親の七光りで終わらないようにな（笑）」

キー、悔しい！

しかし、こんな傲慢《ごうまん》な部長との会話がバカらしくも楽しい。胃袋部長も小ネズミ部長も会社に入らなかったら、絶対、出会えなかった人たちだ。

昨今、就職もせず、働きたくもないニートが増えているそうだが、一年でも二年でもいいから会社生活を味わって欲しい。会社というのは信じられないことが勃発《ぼっぱつ》する。どんな会社にもダメな部長がいて、それを支えている優秀なＯＬがいる。その様子はテレビドラマの一〇〇倍、面白い。それに仕事には苦労という塩味が隠されている。営業マンはどんなに必死で頑張っても売上が上がらない。成果主義はさらに厳しい。

しかし、それでも目標に向けてみんなで頑張る姿を見ると、「私も頑張らないと！」とパワーがもらえる。大げさに言えば、生きる力を与えられるのだ。ウチは万年赤字の健康食品事業部だったが、いまや三〇五億円を売上る部署に急成長した。全く陽のあたらなかった研究者らが学会発表をしたり、データ分析をしたり、サイエンスに基づいた商品を地道に作ってきたからだ。

私が学生時代、父が躁病になると、母は、「実家に帰ってくれ！」と怒鳴られ、涙することもあったが、最近は父より母の方が強くなった。テレビを見て亀《かめ》のようにジーッと動かない父に向かって、母は、

「少しは歩いたり、運動なさらないと！」

と、鬼より怖く父を叱《しか》る。父の健康を気遣ってのことだが、昔、可憐《かれん》だった母は、こんな風に父を怒らなかった。その姿を見て「女は変わる生き物だな」と思う。

しかし、二人が仲良くテレビで阪神タイガースを応援することもある。そんな両親の姿を見ると、小泉元首相の言葉ではないが、「人生いろいろ、会社もいろいろ」と言いたくなる。人生のなかで自分の力でどうにもならないものがある。そう、「親と上司は選べない」のだ。

元気のないサラリーマンや、凹《へこ》んでいるOL、人間関係に疲れた、どんより気分の方々に、この三冊目の文庫本を読んで笑っていただければ嬉《うれ》しいです。

目次

窓際ＯＬ　親と上司は選べない

写真・斎藤由香

楽チン窓際十ケ条

輝ける窓際

ウチの会社は、事業で得た利益は「事業への再投資」「お客様・従業員への還元」「社会への貢献」の三つに分けるべきだという「利益三分主義」を信念にしている。企業は社会によって生かされているわけだから、社会へお返しをしていくのは当然であるという経営姿勢である。その姿勢は一〇〇年余にわたって受け継がれている。

さらにもうひとつの精神、「やってみなはれ」があり、どんな困難をも自由闊達《かったつ》に乗りきるチャレンジ精神が必要だと言われている。

というわけで、「お客様に最高の感動をお届けしたい」と、六本木アークヒルズにあるサントリーホールをはじめ、大阪にあるデザインミュージアムや、東京ミッドタウンにある美術館、文化財団や音楽財団など、文化活動に力を入れている。外部に委託することなく、社員がかかりっきりなので、てんやわんやになる。

私が入社した頃、開高健先生がよく会社に遊びにいらしていた。カンカン帽とアロハシャツ姿でI宣伝部長に向かって大声で問う。

「アナタは、最近、いい女を抱いていますか？」

「いやあ、そんな女性とは、会うこともありませんナ」

「じゃあ、アナタは何が楽しくて、人生を生きているのですか」

I宣伝部長はオロオロ。社員はその様子を見てクスクス。

一方、山口瞳先生は、電話をかけてくると、

「国立の山口です」

と、穏やかで上品だった。

宣伝部の奥には制作部があり、デザイナー、コピーライター、カメラマンがいて自分のクリエイティブがNo.1だと思い込んでいる芸術家ばかり。いつもケンカをしていて、そのクセ、仕事が終わると、みんなで明け方まで飲みに行く。

その宣伝部にタダオさんというメキシコ人のような濃い顔をした芸術家がいた。美しいものが好きで、いつもアルマーニやイッセイ、ヨウジヤマモトを着ていた。

私の同期で日芸卒のコピーライターのミユキが、

「ユカ、タダオさんの家にみんなで遊びにいったら、観葉植物ばかりでジャングルみたいだったよ」

と、ビックリ仰天。「ブランデー、水で割ったらアメリカン」のキャンペーン、ホワイト「いとしのエリー（レイ・チャールズ）」のCMなどを制作し、トリス「雨と犬」では、雨の街をさまよい歩く子犬が感動を呼び、カンヌ国際広告映画祭の金賞を受賞したという手腕の持ち主だ。

当時、劇作家の山崎正和さんと、ウチの佐治敬三社長が、

「日本でも、本場のブロードウェーミュージカルを見られたらエエなあ」

と、語り合ったそうで、社長はミュージカル招聘《しょうへい》を決意。「ミュージカル好き」という理由だけで三十三歳のタダオさんが担当になるが、東宝などと違ってノウハウもなく、大変な苦労だった。

その後、タダオさんは、ボブ・フォッシー「ダンシン」や「ジェローム・ロビンズ・ブロードウェー」のブロードウェーミュージカルを担当し、夏木マリさんの「華麗なる大円舞曲」、鳳蘭《おおとりらん》さんの「マイ・ミュージカル・レビュー」、五輪《いつわ》真弓さんの「タイムトゥ シング」などの作品も手がけた。

しかし、ある日から、会社にこなくなってしまった。肝臓をやられたのだ。

昨年、文化事業部に用があって内線電話をかけると、

「ユカさん？ 元気？ ボク、タダオだよ～ん。先週から復帰したんだ。今、リハビ

り中で仕事がないから、毎日、雑誌ばかり読んでるの。どの芸能人が結婚したとか離婚したとか、すごく詳しくなったよん（笑）」

「何年、休んだんですか？」

「えーと、五年半かなあ」

「ごっ、五年半もですか！」

　思わず、絶句。

「そうだよ。よくクビにならなかったよねえ（笑）」

　タダオさんの定年退職はもうすぐ。部長でも課長でもなく、窓際社員のタダオさん。こんなことでいいのかと心配した。

　ところが、タダオさんの宣伝部時代の同僚のKさんが、

「タダオさんが脚色した、イプセンの『ペール・ギュント』の台本があります」

と、文化事業部のW部長に伝えると、

「じゃあ、せっかくだから、サントリーホールで上演してみたら？」

と、即決。

　先日、アークヒルズのサントリーホールで市村正親《まさちか》さんの一人舞台が上演されるというので観《み》に行くと、役員や宣伝部のメンバーもいて、すばらしい舞台を鑑賞した。

舞台終了後、スタッフだけでロビーでシャンパンで乾杯することになった。すると、市村正親さんをはじめ、一流の美術、照明、衣装、音楽監督、振付の方々の中に、「構成、作詞、演出」をやったタダオさんがいて、みんなの前で御礼の挨拶《あいさつ》をした。

ヒョエーッ!!

役員でもなく部長でもない、ただのヒラ社員なのに。

W部長が語った。

「長く会社を休んだのに見事な復活だね。最近、金太郎飴《あめ》みたいな社員が多くなっちやったけど、もっともっと、タダオさんみたいな社員が増えないとダメだね」

まさに「やってみなはれ」だ。窓際社員、恐るべし!!

マンガになる!

ある日、新潮社のKさんから電話があった。

「芳文社の『まんがタイム』から、窓際OLの本をマンガにしたいという話がきているんですが……」

早速、健康食品事業部のヤマモト君（取締役）、宮本武蔵《むさし》の末裔《まつえい》のS部長、京大法学部卒のI課長に相談すると、アッサリOKだった。

以前、「週刊新潮」連載の本コラムでキャバクラに行ったことを暴露されたキャバクラ課長に電話して「マンガにしたいという話がきています」と報告すると、

「エッ、何それ⁉ 冗談でしょ？ 絶対まずいよ‼」

急遽《きゅうきょ》、小ネズミ部長、キャバクラ課長、ヤマモト君、S部長、I課長との鳩首《きゅうしゅ》協議に。

小心翼々とした小ネズミ部長が喚《わめ》く。

「マンガだってぇ!? もし、マンガが売れたりして、万が一、ドラマにでもなったらどうするんだよ!!」

みんな大爆笑。

「内容は事前に確認できるそうだし、安心して下さい」

小ネズミ部長は腕を組み、不服そうに私に言う。

「わかってないなあ。そんな簡単な問題じゃないんだよね」

キャバクラ課長も口を挟む。

「そうだよそうだよ!! 絶対まずいよ。登場人物のOKも取らなくちゃいけないし」

「あっ、それは私が全部やりますから大丈夫ですよ」

小ネズミ部長はエラソーにキッパリと言った。

「まあ、すぐにOKなんて、言えないね」

翌朝、食品カンパニー長で「社員は薪《まき》のように燃えて下さいネ」とのたまうことから、薪《マキ》役員という名を持つ怖いK専務のところに行き、マンガの話をすると、

「へえー、すごいじゃない」

と、アッサリ承諾。

「長年しがない総務部長」と書かれたO監査役、食べてばかりの胃袋部長も、みんな

ＯＫだった。

その状況をキャバクラ課長に伝えるとメールがきた。

「積極的に賛成ではないけれど、『ここまで進めてきたら仕方ないかな』という感じで消極的に受諾します。原稿チェック（キャバクラ課長、小ネズミ部長のネタ、絵は当然ＮＧ）をさせて頂くことを条件に進めて下さい」

翌日、寿山会というウチの会社を退職した人たちのＯＢ会があるので大阪に行った。二五〇人のパーティで、みなさんのために、「セサミン」と「マカ」を配るためだ。

パーティ前に本社に行き、社長の顔をマンガにしていいですか？」

「あのー、社長の顔をマンガにしていいですか？」

「今、社長は部屋にいるから連れて行ってあげるよ」

Ｓ社長はテレビでサッカーを見ていた。今までの経緯を話し、小ネズミらが難色を示したことをチクる。

「ワッハッハッハッ！　情けないやっちゃ！　すでに本になっておるから同じこっちゃ。ワタシのマンガも問題なし。もっと小ネズミ部長らの悪口をジャンジャン書きなさい。『社長が楽しみにしている!!』って、二人には伝えなさい（爆笑）」

大変！　この言葉をどうやって伝えよう？

翌朝、文化事業部のI部長の所へ行く。ウチの常務だった川口順子《よりこ》さんが外務大臣になった時、広報部長だったIさんも会社をやめて秘書官になったが、その後、会社に復帰しているのだ。結婚離婚結婚をご経験されている。

「川口さんが補選で当選されたから、また会社をやめて秘書になるんですか？」

「もうそんなことないよ」

するど、遠くの席にいた津川雅彦さんの従弟《いとこ》であるT部長が大声で私を呼ぶ。

「ユカ、ちょっとこいよ!!」

いつも傲慢《ごうまん》でデカい態度。

「最近のオマエの連載、パターン化してるよ」

「はあ……」

「どれも同じだよ。一ヶ月くらい、アフリカとか、アマゾンとかに行ってきたらどうだ？　それをオマエの視線でジーッと書いてみたら？」

「じゃあ、アフリカ旅行とか計画して、やってみます」

別れ際にT部長は吐き捨てるように大声で言った。

「まあ、オマエには週刊誌の連載は荷が重過ぎるってことだな(笑)」

キーッ、悔しい。たった二歳年上なだけなのに超偉そう!!

ついでに文化事業部の隣の部署にいる小ネズミ部長のところへ遊びに行く。

「テメエ!!　テメエは何て社長に言ったんだよ!!」

ドキッ！　もしや!?

「さっき社長室に行ったら、『マンガになるのを猛反対しとるそやなあ』って言われたんだぞお!!　もう頼むよ。こっちは、しがないサラリーマンなんだから。テメエみたいにハワイで自転車乗って、『ルンルンルンルン♪　わあー、楽しいなあ♪』っていうのとワケが違うんやから（怒）」

「怖いよう（泣きマネ）」

「怖いのはこっちだよ」

みんな大爆笑!!

小ネズミ部長のあとがき

『窓際ＯＬ　トホホな朝ウフフの夜』という一冊目の文庫に次いで、現在、二冊目の文庫本『窓際ＯＬ　会社はいつもてんやわんや』が発売されている。

しかし、オーナー企業の不祥事が相次ぐ中、ウチの会社もオーナー会社である。日本経済新聞や朝日新聞は刺激的な記事が大好き。「オーナー企業の不祥事一覧」にウチも入れたいだろう。

そんな時に、『会社はいつもてんやわんや』なんてタイトルの本を出していいのだろうか？

（大きな不安……）

実は、一冊目の解説は、あつかましくも阿川佐和子さんに書いて頂いたが、二冊目の解説は誰がいいだろうかと悩んだ。

会社内を見渡すと、広報部の小ネズミ部長がチョロチョロと動き回っている。

（あっ、小ネズミ部長に原稿を頼んでみようっと！）

しかし、小ネズミ部長に頼むと、どうせ断られるに決まっている。

そこで、広報部の担当役員である「テラちゃん」という専務と、小ネズミ部長の部下であり、以前、キャバクラに行ったのが発覚してコラムで暴露された、キャバクラ課長の三人宛《あて》に一通のメールを出した。

「小ネズミ部長に新潮文庫の解説の執筆をお願いします。ペコリ」

私は健康食品事業部の部長や課長に言った。

「小ネズミ部長、引き受けてくれるかなあ？」

すると、京大法学部卒のＩ課長が言った。

「これで小ネズミ部長の度量がわかるよなあ」

予想通り、全く返信がないので、小ネズミ部長の席に行くと、すでにメールを読んでいた小ネズミ部長は、目の玉が飛び出る程、仰天していた。

テラちゃん専務と、キャバクラ課長は笑っている。

「小ネズミ部長、何卒《なにとぞ》、原稿の執筆をお願いします。私も、まさかコラムの連載がこんなに続くとは思っておらず、新潮文庫になるとも思っていなかったんです」

小ネズミ部長は不機嫌そうに大声で言った。

「こっちだって、普通にきちんと働いているのに、まさか、『小ネズミ部長』と書かれる日々が訪れるとは思っておりませんでした！」

部署内は大爆笑。

「あのー、ダメですか？」

「……頼むから少し考えさせてくれる？」

小ネズミ部長のケツの穴は小さい。

ウチの部署に戻る途中、廊下で出会った部長や課長達に、

「今、小ネズミ部長に、解説の原稿依頼をしてきたんですけど、ペンディングになったんです」

と話すと、大ウケ！

しかしその後も返事がこないので再びメールをした。

「お忙しい中、心苦しいのですがいかがでしょうか？　今、新潮社から電話があって、ご快諾いただけるか、問い合わせが入りました。本当にすみません。ペコリ」

すると、何と小ネズミ部長からメールがきた。

「どうしようもなく」というタイトルで、「原稿の件、お受けしますので時間を少し下さい」

という返信だった。

思わず、I課長に叫ぶ。

「わあー、原稿、OKですって！　小ネズミ部長は人間が大きくなったみたいですよ！　もう、小ネズミでなく、大ネズミですね‼」

大ネズミの原稿は、新潮文庫『窓際OL　会社はいつもてんやわんや』の三三二ページに掲載されているので読んで頂ければ嬉しいです。

ところで、昨日、社内のスパイ網から情報が入った。

「小ネズミ部長が承諾したのは、すでにS社長の耳に入っていたかららしいよ。ある日、小ネズミ部長が社長室に入ると、『なんや、解説書くんやて？』と言われたそうで、外堀を埋められたんだって」

今年も大学生の就職活動の季節となった。

昨今の学生の希望は、給料や将来の安定性よりも、「楽しく働けるかどうか」が最大のポイントだという。

そんな大学生のみなさん、小ネズミ部長が情けなくチョロチョロと動く様子を見ながら一緒に働きませんか？

成果主義

昨年の人事考課の面接は最悪だった。あまりのショックで、面接の翌朝、通勤途中の階段でゴロゴロと転げ落ちた。ホームには大勢の人がいたが、誰一人助けてくれず、倒れている私を避けて電車に乗り込んだ。頭の上をまたいだ男の人もいた。新宿や渋谷という若者の街ならまだしも、小さい頃から生まれ育った世田谷というのがショックだった。思わず涙が出た。

そしてその日から、鬱《うつ》状態になった。会社に行くと、楽しそうにイキイキと働く美しいOL達を見て、「何で私は人事考課で落ち込むのだろうか」と、どんより。

今年もまた人事考課の季節。サラリーマンはつらい。

あの時の落ち込みを思っては、「鬱になったら嫌だ」と、パワーアップするために、毎日、「マカ」を飲んでいる。

そんな私を見て京大卒の優秀な研究者が、

「ユカさん、健康食品の『アラビタ』も鬱にいいですよ（笑）」

と言うので、「アラビタ」も慌《あわ》てて飲む。今まで大した仕事をしていなかったから、人事考課を気にすることもなかったが、ヘタに「マカ」が前年比六〇〇％も売れてしまったのが問題なのだ。つい、売上に貢献していると錯覚してしまう。

とにかく、鬱になると、どんよりした気分から抜け出せない。自分にも嫌気がさしてつらかった。

そういえば、あの時、小ネズミ部長が、「そんなに気にすることないよ」と励ましてくれて、大ネズミ部長に見えたっけ。感謝感激!!

こんなにもあたたかく恵まれた環境でも、会社というのは落ち込む要因が多い。現在、鬱病の人は日本で四〇万人を超えるという。世の中のサラリーマンは毎日どんな気持ちで働いているのだろう。尊敬できないダメ上司、暴言をまくしたてるパワハラ上司のもとで必死で頑張っても評価が上がらない。それでも毎年、前向きな気持ちで鬱にもならず、机も引っくり返さず元気で明るく仕事するなんて無理だ。人間は神様じゃないから。すでに同期が役員になっているのに、課長にもなっていない五〇代の人だっている。自分が必要とされていない社員のように思うことだってあるだろう。

そのうえリストラがある会社だってある。ミスしたわけでも会社に損害を与えたわけでもないのに、残れる人と残れない人。一生懸命働いているにもかかわらずクビを宣告された人は、どんなにか悔しくてみじめな思いをするだろう。

人間が人間を正しく評価することなんてできるのだろうか？

日本能率協会が二〇〇四年に約七〇〇〇社を対象にまとめた調査によると、成果主義導入の企業は約七八％。大企業だと九〇％に達するそうだが、四社に三社が内容の見直しを検討しているという。

そもそもこのような制度は勝ち組の役員とエリートコースの人事部が考えた制度。どんなに頑張りたくても成果が見えにくい職種だってサポート業務だってある。額に汗して真面目《まじめ》に働く勤労者達を成果主義だけで人事考課しないで欲しい。どんなに落ち込むか、おエライさんはわかっているのだろうか？　トホホどころか、ものすごく勤労意欲が殺《そ》がれるのだ。

「マカ」を飲んだ勢いで日本企業のトップに言わせてもらうが、普通の真面目なサラリーマンを切り捨てる企業は長続きしない。成果主義をＰＲするために無理なコスト削減を行ったり、ロクでもないことばかり。アメリカ型の成果主義は日本には向かない。社員を鬱病にさせる病根だ。日本には礼儀正しくて穏やかな日本人社会がある。

成果という枠組みに捉《とら》われず、目立たない仕事でもコツコツと積み上げるサラリーマンが元気で誇りを持って輝ける会社にして欲しい。それがトップの知恵だと思う！

翌日、後輩のOLとランチの担々麺《たんたんめん》を食べに行く。

「Aちゃん、元気で仕事、頑張ってる？」

「午前中はメンバーとの面接だったんです」

ヒョエー!!

そういえば彼女はすでに課長で出世コースに乗っている。面接する側とされる側。ヒラの私との差は天と地であった。トホホ。

楽《ラク》チン窓際《まどぎわ》十ケ条

14ページで「輝ける窓際」と書いたタダオさんが定年になった。

タダオさんはウチの宣伝部のプロデューサーで、「ブランデー、水で割ったらアメリカン」や、トリスの「雨と犬」というCMを担当し、カンヌ国際広告映画祭の金賞を受賞した手腕の持ち主。

しかし肝臓をやられ、会社を五年半も休んでいたので、復帰した時には窓際になってしまい、そのまま定年を迎えた。

同僚達が送別会を催すというので招待状を見ると、何と会場は六本木アークヒルズのサントリーホールの小ホールだった。当日は会費が一万円にもかかわらず、ウチの役員をはじめ、宣伝部のOBや、社員がギッシリ。社外からも超有名なアートディレクターやコピーライターの方々がたくさん駆けつけて下さり、百二十名もの出席者となった。

舞台で挨拶《あいさつ》するタダオさんを見て、

（へえー。ウチの役員が退職してもこんなに人は集まらないだろうな。やっぱり人間は肩書より人望！　会社って役員になるために働くところでなく、どんな仕事をやってきたか、真面目《まじめ》にコツコツと仕事をしてきたかの方が大切なんだ）

と思ったら涙が出た。

私は相変わらず窓際だろう。こうなったらポジティブシンキングで元気に乗り切りたい。

二冊目の文庫の「あとがき」にも書いたが、私の生きるテーマなので、「窓際で良かった十ケ条」を書いてみる。

①車の送迎がないので長生きできる。

――送迎のハイヤーで通勤する超一流企業のおエライさんにお会いすると、みんな糖尿病にかかったり、血糖値や肥満に悩んでいる。しかし、窓際は毎日の電車通勤でしっかり歩いているので健康そのもの。脳卒中も怖くない。長寿になれる。

②会議に出なくていい。

――おエライさんの一日は、「ほうれんそう」といって、「報告・連絡・相談」で、あっという間に終わる。だいたい面白い会議なんて聞いたことがない。それでもみんなブーブー言いながら出席している。ノルマもなく、会議にお声がかからない窓際はストレスゼロ。

③いつでも歯医者に行ける。

――ランチの後、歯医者でガーッと寝る喜びは最高だ。しかも健康には歯の手入れが最も大切。窓際が歯医者に行っても誰も文句を言わない。歯周病にも悩まされず、入れ歯にもならない。

④仕事のストレスで円形ハゲにならなくて済む。

――キャリアウーマン志向の若い女性はダメ部長の下でストレスがたまっている。その結果、円形ハゲになったという話をよく聞く。私の髪はいつもフサフサだ。

⑤パーティでムシャムシャ食べることができる。

――新年会や歓送迎会など、役員にペコペコする必要がないので、好きなものを食べ、酒を飲み、思う存分、パーティをエンジョイでき、元を取ることができる。

⑥年賀状代が少なくて済む。

――サラリーマンが役職定年を迎えると、「急に年賀状が少なくなって落ち込んだ」と耳にするが、窓際はもとから少ないから落ち込むことがない。

⑦上役の悪口を好き勝手に平気で言える。

――サラリーマン生活は一〇〇パーセント、人間関係。誰にも尻尾《しっぽ》を振ることなく、派閥にも入らず、人の悪口を言いながら食事をする楽しみは何事にも代えがたい。

⑧完全週休二日制。

――「ゴルフだ、冠婚葬祭だ」と土日がつぶれることなく、週末は自分だけの時間。部下に、結婚式の主賓として呼ばれることもないから無駄な出費もない。私の週末は昼寝三昧《ざんまい》だ（笑）。

⑨昇格試験で苦しまなくて済む。

――「自分はラインに乗っている」と勘違いしたオジサンほど、出世ラインから外れると鬱病になる。社会人になって受験勉強するなんてシンジラレナーイ！

⑩人間らしく生きられる。

――〝トリスを飲んで『人間』らしくやりたいナ『人間』なんだからナ〟という名コピーは会社のOBである開高健先生の作だが、窓際人生こそ、このコピーにピッタリなのだ。パチパチ!!

ノルマがない

先日、「楽《らく》チン窓際《まどぎわ》十ケ条」を書いたが、他にも、「トイレでゆっくり大ができる」「いつでも休める」「秘書に管理されない」「根回しする必要がない」「役員の名前を覚えなくていい」「いつでもうたた寝できる」といっぱいあった。

周りを見ると、役員や部長になった人は大変そう。

万が一、私が部長にでもなったらプレッシャーのあまり鬱病になってしまうだろう。「人間にはデキる仕事とデキない仕事があるのだ」ということを認識して、目先のことでウダウダと思い悩むのはやめることにした。ヘタに出世して、重責で鬱病になるより、人間らしく生きられる窓際が一番いいのだ。パチパチ!!

しかしこの時期はまた人事考課があり、毎年、鬱になる。今のうちにもっと元気になっておこうと、窓際で得をすることを更に考えてみた。

昨年は、通勤途中、ゆりかもめが止まったり、りんかい線が遅れたりで大変だった。

車内で、「遅れます」とアナウンスが流れると、サラリーマンは一斉に携帯電話を取り出して、会社やお得意先に電話やメールを送って大騒ぎ。電車が駅に到着すると、改札口で駅員さんが配る遅延証明書をもらうために殺到していた。

私はその様子をボーッと見ながら、

（へえー、みんな大変だな）

と思っていたっけ。窓際は会議もなくノルマもない。電車の遅延でハラハラしないから精神上すごくいい。

また先日は日本青年会議所で講演をやった。当初、ウチのT副社長への依頼だったが、先約があるというので、代わりに誰かが講演しなくてはならなくなった。演題は、「CSR（企業の社会的責任）」。「やってみなはれ」の社風で、ドーンと私に大役が下りてきた。

「私でいいんですかっ!?」

ビックリ仰天。

講演ではCSRのことより、会社のアホ話をした。

講演が終わると、夕食をかねての懇親会になった。ホテルの大広間の座敷には、

「ミユキでーす♡」

「アユでーす！♡」

と、太ももまでスリットが入ったチャイナドレスを着た若い女の子がやってきて、お酒の酌《しゃく》をしてくれる。

日本青年会議所の会員達は各企業の二代目が多い。三十代にもかかわらず、社長や副社長ばかりで、

「サイトウさんて、会社の将来を全く考えなくていいから楽ですよねー！」

とか、

「従業員の人事や給料を心配しなくていいですね」

と言われた。会社の将来や従業員の心配など一度も考えたことがなかったので、その言葉は新鮮だった。

今日のお昼は同期の女性とランチに行った。彼女はすでに出世していて課長だ。

「ねえ、課長になると、資料づくりとか、大変なの？」

「部長への報告があるから、結構大変だよ。この間も休日出勤したし、このところ、毎週出ているんだ」

「エーッ、休日出勤⁉ 私、この部署にきてから一度も土日に出社したことなんてないよ。報告書なんて書いたことないし……。まさか家に仕事を持ち帰るの？」

「たまにあるかな。私の仕事のデキが悪いからね」

女性管理職になる人は、優秀で性格がいい子ばかり。誰も、ダメ部長とか小ネズミ部長とか言わない。会社に貢献しよう、後輩女性のために頑張ろうと必死だ。

「管理職になって、仕事のやり方とか変わった?」

「最近、ビジネス書を読むようになったことかな。あと、私は英語がダメだから、英会話学校に通い始めたの」

「エッ! だって英検一級を持っているじゃん。何で?」

「頭が悪いから使わないと忘れちゃうの。海外からのお得意先様との会食もあるし」

「一級を持っているのに勉強? 私なんてハローとサンキューしか言えないけど、何も困らないよ」

三匹の子ブタ

最近、『マカ』を飲むと、必ず出世する」、という噂《うわさ》で注文が殺到している。ウチの会社の「泣く子も黙る怖いA役員」と、「社員は薪《まき》のように燃えて下さいネ」とのたまう薪《マキ》役員も副社長に就任した。パチパチ!! 二〇〇五年の総選挙の際、自民党に宅配便で「マカ」を送ったら、世耕弘成《ひろしげ》先生から、「みんなで飲んでいます」と、お礼の電話があった途端に自民党は圧勝したし、年末には、ライブドアにアタフタしたフジテレビの村上社長にプレゼントしたら、力関係が逆転。ホリエモンは逮捕されてしまった。

そんなある日、食べてばかりで仕事を丸投げする胃袋部長から電話があった。胃袋部長はあまりに食べてばかりなのでグループ会社に出向させられた。もう本社には二度と戻れないだろうなと寂しい気持ちになっていたのだ。

「ユカ、元気? ある会社の社長様から『マカ』について聞きたいと電話があったから食事でもしないか？ 旨い寿司《うますし》屋があるんだよ。来週木曜日、空いてる？」と、元気な声。懲《こ》りもせず、また食事の話だった。

「空いていますよ」

「じゃあ、四時半にオークラで待ち合わせよう」

「エッ、四時半から、夕食ですか⁉」

思わず、絶句。真面目な研究者らは耳ダンボ。

「会社がこんなに厳しいのに、そんな早くから食事してる社員なんていませんよ。社長に言いつけちゃおう！」

「いやあ、夕方に食う寿司はうまいんだよ（笑）」

確かに、明るい時間に食べるお寿司は最高だった。

翌朝、私が、「社員は薪《まき》のように燃えて下さいネ」とのたまう怖い薪《マキ》副社長にチクると、「胃袋部長は二回、夕食をしているんじゃないの？」と、大爆笑。

そして人事異動の季節。何と胃袋部長が宣伝部長に就任するという。ヒョエーッ‼

（あんなに働かないで、食事しかアタマにない胃袋部長が宣伝担当なんて本当に大丈夫？ 私って人を見る目がないのだろうか？）

早速、グループ会社にいた胃袋部長が大きなお腹《なか》をゆらして本社に戻ってきた。

美人OL達はコソコソ囁《ささや》く。

「ねえ、胃袋部長、また大きくなった感じだね（笑）」

ついには新体制の中、森の環境保全をPRする広告を全国紙に掲載することになり、広告のクリエイティブ案を社長にプレゼンテーションすることになった。

社長室に入るのは胃袋部長、小ネズミ部長、そしてCSR（企業の社会的責任）推進部のN部長の三人。小太りばかりで、まるで「三匹の子ブタ」のよう。

三人が社長室に向かう姿を見送りながら、宣伝部や環境部の社員らが心配する。

「あんな平凡なクリエイティブじゃ、まずいんじゃない？」

「何の工夫もない、あんなつまらない広告で、社長がOKするわけないよ！」

十分後、三匹の子ブタは背中を丸め、トボトボと宣伝部に戻ってきた。

宣伝部員達が問う。

「どうでしたか？」

左右の人差し指でバッテン印を作る小ネズミ部長。

「エッ、ボツですかっ⁉」

胃袋部長もN部長もちびまる子ちゃんのように顔面蒼白《そうはく》である。チャララ〜ン。

急遽《きゅうきょ》、宣伝部のミーティングスペースで、三匹の子ブタによる鳩首《きゅうしゅ》協議。

「困ったなあ」

「マジに困りましたね。掲載日、押えてますからね」

「もう社長に再プレテする時間もないしなあ。どうしよう……」

「こういうクリエイティブはどうだろう？」

「しかし言われたとおりにすると、社長が、『言われたとおりのことしかやってないやないか！』と怒るしなあ」

「明日、撮影時間をとっているから、とりあえず撮影して、作ったクリエイティブを社長に見せよう」

翌々日、再び、社長室に向かう三匹の子ブタたち。

宣伝部に戻ってきた三人に向かって、みんなが問う。

「どうでしたか？」

「セーフだったよ!!」

親指と人差し指でマル印を作る小ネズミ部長。

「社長に、『何故《なぜ》、最初から、こういうのを持ってこないのか。ヤレばできるやないか！』って言われたよ」

頑張れ三匹の子ブタたち！

小ネズミ・チョロチョロ

「マカ」を飲むと必ず出世する。ついには万年赤字だった健康食品事業部のヤマモト君が常務取締役に就任した。しかも、売上が二三〇億円の健康食品事業部の担当でなく、六〇〇〇億円の食品事業部の担当だ。

ヒョエーッ!! 大出世。これもまた「マカパワー」のお陰である!

パチパチ!!

しかし、ヤマモト君の上には、「社員は薪《まき》です。薪のように燃えて下さいネ」とのたまう、怖いK副社長（別名・薪《マキ》副社長）がいるのだ。

（ヤマモト君、だっ、大丈夫だろうか？ ハラハラ）

早速、前任のテラちゃん役員との引継ぎを兼ねて、海外の取引先様との会食が行われるという。何と英語のスピーチが必要らしい。

すると前日にヤマモト君がI課長のところへノコノコやってきた。I課長は京大法学部卒でアメリカ・ノースウエスタン大のMBAを首席で卒業した人。

「悪いけど、これ頼むよ」

A4の紙を覗《のぞ》き込むと、「この度、食品事業部長になりましたヤマモトです。英語はあまり得意ではありませんが、ご挨拶《あいさつ》させて頂きます（ここで面白い話）。御社様とビジネスパートナーとなり光栄に存じております。この機会にもっと英語を勉強しますので何卒《なにとぞ》よろしくお願い致します……」と書いてある。

「わあー、『ヤマモト君の英会話教室がスタート！』という感じですね（笑）」

早速、「ヤマモト君が英語でスピーチするんだって」と部内のメンバーに伝えると、みんな大爆笑!!

スレンダー美女のH子は、すでに情報を入手していて、

「今度から駅前留学をするらしいですよ！」

と、教えてくれた。果たして、「マカパワー」で乗り切ることができるか!?

窓際《まどぎわ》の私には六〇〇〇億円の重責やプレッシャーたるや想像もつかないが、役員ともなると大変だ。一年に一度の人事考課での落ち込みさえガマンすれば、窓際は天国だなと思う。

一方、テラちゃん役員は小ネズミ部長の上司となった。ホノルル支店長や洋酒事業

部部長、東京支社長、カンパニー社長を歴任し、英語はペラペラ。小ネズミ部長は大丈夫だろうか？ ハラハラ＆ドキドキする私。

ある日、新人さんの歓迎会を兼ねて、テラちゃん役員の歓迎会が行われるというのでスパイを会場に潜り込ませた。

入社二年目のハンサムなA君が司会をしている。

「では、今からテラサワ常務と新人のお二人、コピーライターのKさんの歓迎会を行います」

すると、直立不動の小ネズミ部長が緊張の面持《おもも》ちで、歓迎の挨拶を始めた。

「えー、本日は、まず新入社員の方々に、『ようこそ、ウチの部署にいらっしゃいました！』と申し上げたいところですが、新人なんて、どうでもよくて……」

と、新人にクルリと背を向けて常務の前に行き、

「テラサワ常務様、ようこそウチの部署にいらっしゃいました！ 心からお待ち申し上げておりました!!」

と、ペコペコ。マンガに出てくる情けないサラリーマンの典型的パターンにみんな大爆笑。

A君が大笑いしながら、

「みなさん、お手元に乾杯のグラスはありますか？」

間髪を容《い》れず、小ネズミ部長はテラサワ常務に向かって叫ぶ。

「あっ、テラサワ常務様、ビールはございますか？　私がお持ちしましょうか？」

ところで、小ネズミ部長はモノマネ芸が大得意。

「これ、ウチの社長！」

と披露するヒゲの社長のモノマネは天下一品。泣く子も黙る怖いA副社長、部下を追いこむ薪《マキ》副社長をはじめ、どれも抱腹絶倒だ。

役員らからは、

「アイツはモノマネがうまいから、宴会部長や余興部長という職を作った方がエエんやないか？」

という声まである。

しかし、仕事を丸投げして食べてばかりの胃袋部長と違って、小ネズミは丸抱えするタイプなので、仕事とモノマネ芸で大忙し。今日も朝から、『一人役員会議』という芸を披露しながら、チョロチョロと社内を走り回っている。

ミジンコ部長

ウチの会社では、「自己申告」といって、現在の業務への適性を見直して、異動したい希望部署や、将来やりたい仕事など、自分のキャリアプランを描いて申告できる制度がある。

ある日、後輩で二十九歳の美人ＯＬのＡ子とランチをした。スラリと背が高くサラサラの髪が美しい。

「ユカさん、最近、仕事、どうですか？」

「まあまあかな」

「『マカ』、すごく売れてますねえ。ウチの関係先のお得意様もみんな飲んで下さっていますよ。活力アップするって大好評ですよ。ところが私の方が最近疲れちゃって。自己申告でどこかの部署に異動を希望しようと思っているんですが、部長や課長に悪いですかね？」

「そんなこと全く気にする必要ないよ。みんな自由に異動したい部署を申告しているからいいよ」

「でもどの部署を希望したらいいかわからないんです。私が入社した時は、先輩の男性がすごく輝いていて元気だったのに、今、みんな部長や課長になったら、判で押したように小さくまとまっちゃって、『アレッ、どうしちゃったの？』と思うんです。『あんなに小さくまとまって具合でも悪いんじゃない？』と。だからどの部署に異動しても同じじゃないかなと。昔はもっと活気があったのに、上が怖すぎるんですかね？（笑）」

確かにトップには、せっかちで怒りっぽいS社長や、泣く子も黙るA副社長、「社員は薪のように燃えるように」とのたまうK副社長（別名・薪《マキ》副社長）ら、怖いおエライさんがズラーッと並ぶ。こんな怖い環境で元気で仕事をするなど、「マカ」を飲んでも無理かも。

しかしOL達は会社を本当によく見ているなと思う。

OL達とランチをすると、ダメ部長やボケ課長らが、

「カンパニー長への報告書はこの内容でいいかな？」

と、アタフタしながら働いているといった赤裸々な話が飛び交って楽しい。

「ウチの部長はバランスが取れていていい人だけど、リーダーシップがないの。一市民としては善良で人間的には問題ないんだけど、他部署を巻き込んでやり遂げようとする力がないんだよ。とにかく小さくまとまっちゃって、ミジンコみたいにスケールが小さいの」

「〝ミジンコ〟って本人が聞いたら、ショックで倒れるよ」

「だって本当にミジンコなんだもん。この間もカンパニー長に報告する資料づくりで部長も課長もオタオタ。その様子を見て見切った。あのヒラメっぷりには、本当にガッカリ。村のチンピラみたいに徒党を組んで、やりやすい人とだけ仕事をする小物ぶりは、足でギューーッ！ と踏み潰《つぶ》したいくらい。このミジンコ部長、いい加減にしろって！（笑）」

ミジンコ部長に翻弄《ほんろう》されるOL達はヘトヘトだ。しかし、OLらは知っている。無能な男性上司も困りものだが、優秀な女性上司がいい上司とは限らないことを。

各企業のトップや人事部長らは、日経や朝日新聞に、「各社の女性管理職」という表が掲載されると、自社と他社を見比べ、女性管理職が少ないと焦《あせ》りまくる。

「ウチに女性の部長がいないのはまずいよなあ！　一人くらいポストを作ろう」

と、大騒ぎ！　その結果、人事部のお気に入りの女性が抜擢《ばってき》されるが、優秀な女性は「私の働きぶりが将来、会社の後輩女性のためになる」と強く思っているので必死で働く。しかも自分と同じ仕事レベルを後輩に望み、完璧《かんぺき》な仕事ぶりを要求する女性管理職の下で仕事をさせられる普通のOL達は窮屈で息がつまる。

しかも女性上司は必ず後輩女性をあたたかく励ます。

「私でもできるんだから、あなたにもできるよ」

この言葉がプレッシャーとなり、ズッシリ響く。

四〇代の独身の女性上司に二人目の妊娠を報告したらため息をつかれたとか、「先に帰っていいよ」と言われても、夕方にドサッと仕事を渡されたとか、悲鳴がいっぱい。ダメ部長らのように、能力もなくタナボタで出世した人と違うから、報告書や資料作りの内容にも厳しく、出張精算や出勤時間、残業時間の管理にも細かい。

女の敵は女なのだ。

給料はガマン料

このコラムを書くようになって五年目に入った。会社のことを書くと、一流企業の友人からメールがくる。

「あんなことを書いたら、ウチの会社だったら、絶対、クビになるよ。人事部から怒られない？　大丈夫？」

マスコミの方々からは、「コラムの原稿は誰のOKをとって掲載しているんですか？　人事部ですか？　広報部ですか？」と聞かれるので、「誰のOKも取っていません。原稿を事前に見せることはないし、誰からも、『書きすぎだ』と注意されたことは一度もありません」と言うと、みなさんビックリされる。

その様子を見て、「ウチの会社は『やってみなはれ』の会社だなあ」と実感する。優秀でもないデキの悪い社員に、よくぞ好き勝手にやらせてくれるなと思う。

会社は自由だ。楽しい。でも大変だ。

昨今の新入社員の方は、「会社というのはバラ色の毎日で、やりがいのある仕事を与えられる」と、大きな夢をもって入社されるようだが、そんな簡単な世界ではない。「サラリーマン生活はつらい」と思って入社した方がいい。「給料を貰《もら》う」というのはそういうことだ。

先日、朝日新聞に、「心の病、30代社員急増」との見出しがあった。「急速に進む成果主義や管理職の低年齢化が一因ではないか」という記事を読んで、（だから、「成果主義は日本企業に合わない」って言ったじゃないか）と、思う。日本企業は終身雇用制で人間関係を重んじる。成果なんてすぐ出せるわけではなく、同僚との関係がギスギスするだけ。鬱病《うつびょう》を増やすだけだ。

知り合いのお子さん達も、会社に入ったものの、「上司に全くめぐまれず、自分のやりたい仕事ができない。会社で自分が輝けないし、キャリアアップができない。人事考課も不透明だ」と、悩んでいるという。友人の会社の新入社員にもアトピーになったり、鬱病で会社を休みがちな人が多いと聞いて、何十年もサラリーマン生活を送っている私はつらい。何とか元気になってほしい。

人事考課なんて、所詮《しょせん》、人間が考えたものだから、不透明に決まっている。

そもそも日本企業なんてどこも似たりよったり。ダメ部長がいて、上司にペコペコのヒラメ課長がいて、優秀な女性達が会社を支えている。完全な男社会だ。

一方、朝日新聞や日本経済新聞で、「各社の女性管理職」なる一覧表が掲載されると、どの会社も他社と見比べ、人事部がオタオタ。人事部お気に入りの女性が管理職に抜擢される。プライドがある男性サラリーマン達は、降って湧《わ》いたような女性上司のもとでこれまたつらい。男の嫉妬《しっと》は女の妬《ねた》みより怖いらしい。

一方、管理職に抜擢された優秀な女性達は、

「今の仕事でも死ぬほど大変なのに、これ以上、働けっていうことなの？」

と、部下をもったプレッシャーで夜も眠れなくなり、体調不良に陥る。

「やりがいのある仕事をやっている」と思っている人や、「会社が楽しくて仕方ない」と思っている人なんて、余程、上司に恵まれているか、ノー天気かのどちらかだろう。

「給料はガマン料」と思った方が楽だ。しかし、一パーセントがとてつもなく楽しい。

鬱病にならなくて済む。会社は九九パーセントはつらく、厳しく、大変だ。しかし、一パーセントがとてつもなく楽しい。

日本全国の窓際社員の方々に少しでも明るい気分で会社生活を送って頂ければと思います。私もダメ社員ですが、必死で頑張ります。

明日も会社、あさっても会社です。やれやれ。

マカで出世する!

日本全国のロータリークラブから、「マカ」の講演依頼が殺到している。皆様に、「一袋三粒入り」のサンプルをプレゼントすると、「サイトウさん、本当に有難うございます!」と死ぬほど喜んでくださる。まるでダイヤモンドか、ベンツ、BMW、トヨタのレクサスを貰《もら》ったかのようだ。

そんなある日、お客様から、健康食品事業部宛《あて》にメールがきた。

「サイトウさん　毎週、コラムを楽しく読んでいます。サイトウさんがあちこちで配られている『硬化バツグン!　愚息ムクムク』の記事を頂けないでしょうか?　私も出世したいので、何卒《なにとぞ》よろしくお願い致します」

早速、新聞記事のコピーをお送りした。その後、出世されましたか?

そういえば二年前、ウチの会社がお台場に引越した時、私と同じ大学出身で、フジテレビで働いているN子が言った。

「ウチの局に、私達と同じ大学なのに常務がいるの」

「えーっ、天然ボケ学園卒で、天下のフジテレビの役員になれた人なんているの？是非、お会いしたい！」

というわけで、翌月、そのT常務とN子との三人で、ホテル日航東京でランチをすることになった。待ち合わせの店に行くと、レインボーブリッジを見渡せる席にはT常務とN子が座っていた。N子はグッチのブラウスが艶《あで》やかで美しい。

T常務とは初めてお会いしたにもかかわらず、同じ大学出身ということで異常に盛り上がるランチタイム。

よく銀座のバーに行くと、

「この人と私、同じ大学なんですよ。ワッハッハッ」

と、東大や慶応など一流大学の方々が盛り上がっているが、入社以来、天然ボケ学園卒の出身者とは社会で会うこともなかった。卒業生も少ない上に、父親の会社に入社する人が多く、一流企業で活躍している人が少ないのだ。

幼稚園から大学までエスカレーター式の学校の生徒がどのくらい勉強しないかというと、初等科（小学校）では、「超ゆとり教育」を行っている。「散歩の時間」「映画の時間」「遊びの時間」……と遊んでばかり。勉強より、運動会や文化祭、スキー学校に力を入れ、通信簿もなく、成績表もないままに、中学に進学する。誰も自分の成績を知らないのだ。中学も高校も大学ものんびり。

芸能人や中小企業の社長の子女が多く、俳優・宇津井健さんの息子さんや、野球評論家の金田正一さんのお嬢さんは私と同期、雨宮塔子さんや鶴田《つるた》真由さんは後輩にあたる。

T常務とのランチの別れ際に、「この『マカ』を飲んで、社長になって下さいね」と、「ムクムク」の記事と一緒にお渡しした。

心の中で、「天然ボケ学園卒なんだから常務でアガリかな」と思っていたが……。

そんなある朝、朝日新聞を見てビックリ！　思わず、紅茶をこぼした。

「エッ、社長になったの!?」

私の勘違いかと、何度も新聞を読むが、「フジ新社長に豊田常務昇格。成城大経卒」とある。

早速、会社に行って、みんなに報告する。

「大変！『マカ』をプレゼントした天然ボケ学園の方がフジの社長になった！」

「エッ、またマカ社長？」

「何故《なぜ》、昇格したのかなあ」

「きっとすごく頭がよくて、やり手なんじゃない？」

「バカ！　天然ボケ学園が、東大や一橋より頭がいいわけないじゃん！」

「じゃあ、すごく人柄がいいんだよ。人望があって」

「人柄がいい人なんてどこにだっているよ。しかし、天下のフジで選ばれるには、余程、何かキラリとしたものを持ってるんだろねえ。しかし、日本全国の一部上場企業で、天然ボケ学園卒なんていないんじゃない？　大丈夫かなあ？　超心配！」

とにかくまた、「マカ社長」が増えた。

帝国ホテルのK社長も「マカ」のお陰だし、以前、九州に行った時、たまたまMさんに「マカ」をプレゼントしたら、半年後、ＪＴＢ九州の社長に就任した。もうすぐ「マカ社長」の同窓会もできる程である。

階段から落ちる!

二〇〇四年十二月の年末、お台場への千八百人もの引越しがあった。社内はもちろん、日通さんも、総務部もてんやわんやの大騒ぎ。大変だったが、自社ビルだし、定年まで二度と引越しはないなと安心していた。

ところがっ!

万年赤字だった健康食品事業部が、昨年二六八億円の売上となり、予想もしていない急成長。今までお台場と浜松町のオフィスに分かれていたのだが、急遽《きゅうきょ》、統合することに!

「エーッ、また引越し!?」

大騒ぎの引越しの翌朝、浜松町駅のエスカレーターからころげ落ち、鉄のギザギザが脛《すね》に突き刺さった。

「ギャーッ! 痛いーっ!」

床にころがって苦しむ私。

しかし、周りのサラリーマン達はみな無関心。私をまたいで足早に過ぎ去っていく。見ると膝《ひざ》下から足首まで三十センチの傷が！　血がダラーッと流れ、ストッキングが張り付いている。駅ビルのトイレに入り、あまりの痛さに便器に座る。

実は、この二、三年、一月の人事考課の後、何故か階段から落ちている。

昨年、近所にある梶原《かじわら》整形外科に行くと、アンパンマンのような冗談好きの梶原先生から笑われた。

「また落ちたの？　これで二度目だよ。斎藤さんってそそっかしいんじゃない？」

（あー、今年で三回目だ。しかし、何でこんなに落ちるんだろう？）

血でベタベタになったストッキングを脱ぎ、足をひきずって会社に向かった。

ペルーの海抜五千メートルでも高山病にならず、アマゾンの何百匹ものアリが出没したベッドでもヘッチャラだった私だが、人事考課は最大の鬼門だ。今年は無事、その鬼門を抜けたと思ったら、この有様。

「I課長、私、また階段から落ちたんです！」

「えっ、また落ちたの!?」

私の足を見るなり絶句。

「これはすごい傷やなあ。大丈夫? すぐ医者に行った方がいいんじゃない? 今年は落ちなくて良かったと思っておったけどなあ」

翌朝、出勤前、梶原整形外科へ。毎日、会議も何もないから好きな時にパッと病院に行けるのが窓際の強みだ。梶原先生は足の傷を見るなり、顔をしかめた。

「バンドエイドはこんな貼《は》り方じゃだめだよ! ちゃんと消毒しないと。脛骨《けいこつ》の上にはすぐ皮膚があり、皮下脂肪がないから傷がつくと骨髄炎になったりするんだよ。骨が欠けているかもしれないからすぐにレントゲンをとりましょう。しかし、斎藤家って運動神経がないんじゃないの?」

二十年前、母とスキーに行った際、母はアイスバーンで転び、ストックが頰に突き刺さって何針も縫った。母は乗馬でも何度も落馬しており、肋骨《ろっこつ》や首を骨折している。その度に梶原先生にお世話になっているのだ。

私の足は骨折もしておらず、会社に出勤。するとみんなから、「通勤途中の怪我《けが》は労災になるから人事部に聞いてみたら」と言われたので、人事部にメールしてみる。

「あのー、昨日、通勤途中、階段から落ちたのですが、労災になりますか?」

人事部のM君がビックリして内線電話をかけてきた。

「サイトウさん、足、大丈夫ですか? 平気ですか?」

「あっ、何とか大丈夫です」

「通勤途中、どこかに立ち寄りとか、されましたか?」

「いえ、どこにも」

「それは労災になります! 書類をお送りしますから、記入して返送して下さい」

「それってボーナスに響くんですか?」

「欠勤をされた場合は賞与の出勤率計算に影響しますが、欠勤なしの場合は全く影響ありません。労災に関してはむしろ会社に責任があるので個人への影響はございません。ご安心ください。書類は煩雑《はんざつ》な手続きにはなりませんから大丈夫です!」

その日は何の仕事もせず、病院に電話をしたり、災害発生報告書を書いて、夕方になり、サッサと帰宅した。こういう社員を「給料泥棒」というのではなかろうか?

アマゾンに行く⁉

毎日、会議もなく、会社でウーロン茶を飲んで、ブラブラ。このまま、ボーッとしたまま窓際社員で定年を迎えるのだろうか？

そんなある日、ウチの会社の研究所のＴ顧問から電話があった。

「サイトウさん、アマゾンに行ってもらうから」

「ハッ⁉　誰がアマゾンに行くんですか？」

「サイトウさんだよ」

「ハッ？　私がですか⁉」

「ウチの会社は、食成分の研究で東京農業大学様に大変お世話になっている。農大の松田理事長先生がサイトウさんの週刊新潮のコラムのファンで、『アマゾンで、農大の卒業生がスッポンの養殖をやっているから、見に行って欲しい』って」

周りの研究者は耳ダンボ。

「とにかく農大に行って、松田理事長先生に会ってらっしゃい」

電話をきると、T顧問は私にメールを送ってきた。

「サイトウさんの上司には、『マカの調査はサイエンスだけでなく、マカと人々との文化、生活の歴史的つながりについて調べることが重要である』と力説し、『農大の協力を得て、健康食品の幅広いマーケティング戦略を考え構築したいので調査に行かせろ』と、申し出る。これからは幅広い人材が必要です。社長も、『もっと外へ！』とネットワーク創りの必要性を力説されているではありませんか。知恵を出してアマゾンへ行こう！　健康食品事業部がつべこべ言うなら、サイトウさんの部長に話をしますのでお知らせ下さい」

と、書かれていた。

（ヒョエー！　まさにウチの会社の「やってみなはれ」だなあ）

このT顧問は、私が六年前、広報部から健康食品事業部に飛ばされて、初めて挨拶《あいさつ》した役員さん。その時、「健康食品の売上を頑張るように」とか何も言わずに、どんなに中国の歴史が面白いかを、二時間も力説した。

あまりに仕事に関係ない話をしたので、「中途入社の役員だな」と思っていたら、最初からウチの社員だと聞いてタマゲた。それ以来、会ったことがない役員だった。

翌週、東京農大に行くと、学長や松田理事長先生が待っていて下さった。

「サイトウさん、アマゾンには農大の卒業生が三十人いますが、その一人がスッポンの養殖をやっているんです。『マカ』の情報に役立ちますよ。T顧問からは、『サイトウの飛行機代、ホテル代はウチで持ちます』との話を頂いています」

と、アマゾンの広大な地図を渡された。

会社に戻るとアタフタと、I課長に経緯を報告した。

「アマゾンなんて、会社と無関係なんだから、実現するわけないですよね?」

「そやなあ。でも個人的には海外出張で行って欲しいから、応援するよ」

すると、農大の松田理事長先生から、「アマゾン派遣依頼のお願い」というFAXがきた。I課長は言った。

「M取締役から、サイトウさんが出張する意味があるのかとか言われたら、ボクが説得してあげるから!」

ヤマモト君は食品事業部に異動したので、後任のM取締役は五十三歳。野球の定岡正二似である。FAXを見せると、一秒で即決した。

「アマゾン、行ってきたらいいじゃん!」

「ハッ!? ウチの会社に全く関係ないんですよ。しかも、アマゾンがどんなところか、南米に詳しい人達に聞いたら、『ヒルが雨のように降ってきて血を吸われる』とか、『小さな虫が身体中をモゾモゾと這《は》い回る』とか、そんな場所らしいですよ。アマゾンの川で、おしっこをしたら、ピラニアがアソコに食いつくこともあるそうで、そんなところに、私、行くんですか？」

「面白そうじゃん（笑）」

「しかも、T顧問が勝手に、『飛行機代とホテル代は、ウチの会社で持ちます』って言ったらしいんです。ヒラ社員なのにいいんですか？」

「ペルーの山奥の出張の次はアマゾンで、サイトウさんにピッタリじゃん。頑張って行ってきてね！」

ヒョエーッ!!

アマゾンの墓標

――熱帯濁流紀行――

ある日、ウチの会社の研究所にいるT顧問から電話があった。

「ウチの会社は食成分の研究で東京農業大学様に大変お世話になっている。農大の松田藤四郎理事長が、『アマゾンで農大卒業生がスッポンの養殖をやっているから斎藤さんに見ていただきたい。ちょうど〝東京農大卒業生アマゾン移住五十周年〟の式典もあり、日本からも農大の先生方がブラジルに行くので、是非、同行してください』と言われた。せっかくの機会だから行っていらっしゃい」

ウチの会社には「やってみなはれ」という社風がある。その風が吹いて、ヒョンなことから女一人でブラジルに出張することになった。

そういえば父はブラジル移民の小説『輝ける碧《あお》き空の下で』という作品を書いている。私はその作品を読んだことがなかったので、ブラジルに行く前夜、何故《なぜ》ブラジル移民の話を書いたのかと、父に尋ねた。

「昭和三十六年の年末から二ヶ月間、ハワイ、タヒチ、フィジー、東サモア、西サモア、ニューカレドニアに取材で行ったの。その頃は日本人の海外旅行が自由化されてない時代で、ガイドブックもないし、どこに宿泊するのかさえわからなかった。パパが帰国したら、ママが、『心細かった』と言ったんだよ」

「エッ、ママにそんな可憐《かれん》な時があったの?」

「その頃は日本交通公社にも『ポリネシア』という渡航先がなくて、ジャーナリストでタヒチに行ったのは朝日新聞の記者とカメラマンの二名だけ。出発前、そのカメラマンに会いに行ったら、『暑くてパスポートを持っていられないから、ズボンにポケットを作って、そこに入れるといいですよ』とか、いろいろと教えてもらったの」

タヒチに着くと、虫好きの父は、早速、虫取り網を持ってホテルを飛び出した。しかし、大好きな蝶《ちょう》もカナブンもおらず、あまりの暑さにへばってしまったという。

「日本人の文化人類学者が十人程、滞在していたけど、男の人達はへばって帰国しちゃったらしいんだ。でも畑中幸子さんという人類学者だけは残っていて、畑中さんが、『噂《うわさ》によると、タヒチの田舎に日本人の移民がいるらしい』と聞きつけ、二人でレンタカーを借りて山奥の家々を探したの」

畑中幸子さんといえば、三年前、私がパプアニューギニアに行った際に有吉佐和子さんの『女二人のニューギニア』という本を読んだが、そこに出てきたパワフルな女性学者だ。まさか三十四歳だった父が畑中さんに会ったことがあるとはビックリした。

「畑中さんはフランス語ができるから、『このあたりにジャポネはいますか？』『ジャポネはいますか？』と、一軒一軒を訪ねて歩いたら、ようやく一人暮らしの老人を見つけたの。でも長年、誰とも話さないから彼は日本語を忘れかけていてね。インタビューの最後で、『日本に帰りたくないですか』と聞いたら、『そんな叶《かな》うわけもないことは、辛《つら》くなるので考えないことにしています』と言われ、パパは、〝何てことを聞いてしまったんだろう〟と、今でも後悔しているんだ……」

父は言葉を詰まらせた。

「南洋の島に移民した人達から、ブラジルの勝ち組、負け組の日本人の話も聞いた。当時のブラジルにはまだ勝ち組がいて、息子が日本から来て何十年ぶりかで会っても、息子が、『日本は戦争に負けた』というと、『神国である日本が負けるわけはない！』と諍《いさか》いになったり、勝ち組が負け組を殺した事件まであった。ニューカレドニアでも『日本が勝った』と信じている人がまだいたんだよ。

そんな移民の人達の話を聞いて、あまりにお気の毒で、いつの日かブラジル移民の話を書こうと思ったの。でもなかなか叶わず、十六年も経《た》って、ようやく昭和五十二年の三月と九月にブラジルに行けたんだ。ベレンやトメアス、マナウス、リオデジャネイロ、第一回のブラジル移民を乗せた笠戸丸が入港したサントス港にも行ったし、日本人移民がいる弓場《ゆば》農場は二回も訪れたよ。子供達がかわいくてね」

「移民の方々は、すごい苦労をされたの？」

「とにかく悲惨だった。移民会社が人を集めたんだけど、移民の人達は渡航費を自分達で払わないといけないから家や田畑を売ってお金を作った。『金持ちになって三年で日本に帰国する』という夢を持っていたけど苛《か》酷《こく》な自然と労働が待ち受けていてね。日本人は米を食べないと力が出ないから、農園の売店で売っているブラジル米を買うんだけどそれが驚くほど高い。賃金が安いから米を買うと金がなくなってしまう。冷害もあるし、マラリアが蔓延《まんえん》したりで、ほとんどの人が日本に帰れなかったんだよ」

父の目には涙があった。

「ニューカレドニアで日本人墓地を見に行ったら、西洋人の墓は墓石も白くて花が飾ってあって華やかだった。日本人の墓石は黒くて、成功者は一人ずつの墓で戒名《かいみょう》がついているけど、そうじゃない人たちは大きな樹の下にある『日本人之墓』としか書いていない墓で、裏にはずらりと名前だけが彫られていて辛かったよ。茂吉《もきち》おじいちゃまの歌にも、『涙いでてシンガポールの日本墓地よぎりて行きしこともおもほゆ』というのがある。おじいちゃまもヨーロッパに留学する時に立ち寄ったシンガポールで日本人達の墓地を見たんだよ」

〈ブラジルに飛ぶ〉

父の話を聞いた翌日、ブラジルへと旅立った。実は今回の海外出張では生まれて初めてＪＡＬのエグゼクティブクラスに乗った。私はヒラ社員なので、エコノミークラスにしか乗れないのだが。会社の「海外出張規定」に「南米、アフリカ地域で、片道飛行時間二十時間以上を要する出張時はビジネスクラスを利用できる」とあるため乗れたのだ。成田空港からニューヨークまで十二時間、さらにニューヨークからサンパウロまで九時間もかかる。機内のサービスはすばらしく、ＣＡも美しく、シャンパン飲み放題。スリッパもあるし、窓際《まどぎわ》社員が突然エグゼクティブに変身した気分。ラッキー！　会社にしがみついていて良かった。

機内で初めて、父の作品『輝ける碧き空の下で』を読んだ。

――当てにしていたキニーネはさしたる効果をあげなかった。もちろんそれなりの効目はあったのだろうが、癒《なお》ってゆく病人よりも新しく発病する者のほうが遥《はる》かに多かった。

二月にはいると、平野植民地は悲惨な状態を呈してきた。入植者三百余名のうち、その半数がマラリヤと思われる熱に倒れていた。それでも毎日、炎天下の野良《のら》で、かなりの人数が働いてはいる。しかし彼らも、マラリヤの熱が収まったときに無理をして作業をしているらしく、ふらつく腰でエンシャーダを上げ下げしているのだ。

「栄養をとれ」

と運平は口を酢《す》っぱくして言ったが、これは無理な要求ともいえた。古い移民たちは多少の貯《たくわ》えもあったが、たとえば前年の若狭丸で来て一農年の仕事を終えたばかりの家族には余分の金とてなかった。土地代と測量費を払い、ペンナ駅からの道路費を負担した身では、もう一文の金もない家族も少くなかった。彼らは薄い芋粥《いもがゆ》やスイトンを辛うじて食べ、やがてくる米の収穫期に希《のぞ》みをつなぐほかに道はなかった。

また、マラリヤは潜伏期があると教えてくれた森口医師の言葉も、運平の心を更に憂鬱《ゆううつ》にした。そうした目で見ると、人々はいやにのろのろと大儀そうに働いている。

尋ねてみると、

「どうもだるいんで」

とか、

「気がめいって夜よく眠られません」

とかいう返事が返ってきた。

「ひょっとすると、この植民地の全員がマラリヤにかかっているのではなかろうか」

と、運平は暗然とした気持で思った。

貴重なキニーネは、発病している者にのみ与えられた。まだ元気でいる者に予防薬として与えたなら、たちまち底をつくと考えられたからである。それに運平は自分では一度も飲まなかったから知らなかったが、その白いきらきらする散薬は予想外ににがく飲みにくい薬のようであった。高熱で寝ている病人に無理をして飲ませても、その直後吐いてしまう者がざらであった。ひどい悪寒《おかん》のきている病人にしろ同様である。

――『輝ける碧き空の下で』より
ようやくサンパウロ上空にやってきた。この下に、多くの日本人がマラリアでやられたジャングルがあるんだろうかと窓から下界を見下ろすが、新宿のような高層ビルばかり。どこにも森はなく、河口の幅が四百キロもあるというアマゾンの川もない。サンパウロは近代的な大都会だった。

空港の出迎え口には東京農大ＯＢの方々が出迎えて下さった。

「サイトウさんですか？」

今回、アマゾン川河口の町・ベレンから二百三十キロも上流にあるトメアスで開催される式典に出席する七十代の方々や、農大卒の若い人もいる。みなさん、がっちりした体格で陽に焼けた精悍《せいかん》な顔立ちだ。

「今朝、ミナスジェライス州を朝四時に出発してきたんです。これ、ボクが育てたバラです。どうぞ！」

農園でバラを作っている大島さんは昭和十五年生まれの宮崎出身。農大を卒業して、昭和三十七年にブラジルにやってきた。七人きょうだいに生まれ、男性は大島さんだけ。食べ物も着る物もなく就職先もない時代に、「人にこき使われて一生を終えるより、自分で何かをやりたい」と、親の反対を押し切り、ブラジルに渡って来た。

「とにかく生きるのに必死だったね。嫁さんは、日本でオヤジとオフクロが見つけて手紙のやりとりだけで結婚した〝花嫁移住〟です。母は六十歳で亡《な》くなって、その後、父親と妹をブラジルに呼んで一緒に生活したけど、父親は八十歳になったら、『日本に帰りたい』と帰国してしまった。親の反対を押し切って決めた人生だから、『我が人生に悔いなし』だよ」

当時の農大の四年生は、海外で現地研修をして卒論を出せば卒業できたという。

「ボク達の時代は、大学三年が終わると、みんなブラジルにきたね。この間、日本に一時帰国してサンパウロに帰ってきたら、空港からつけられて金を取られそうになったんですよ」

「えっ、そんなに危ないんですか?」

思わずハンドバッグを持つ手を強める。

「ブラジルは本当にいい国だけど、二十年前、強盗がうちの食料品店にきて足を拳銃《けんじゅう》で撃たれたこともある。店をやっていると日銭を取りに入ってくるんです。あいつらは未成年を連れて入ってくるんですよ。未成年だと罪に問われないからね。警察に訴えると逆恨みされるし、モンタージュ写真に協力すると身の危険を感じるんだ」

「僕も強盗に何回もやられているよ。盗みなんて日常茶飯事でみんなやられているよ」

「パラダイスがあると思ってきたら、パラダイスはどこにもない。でも、そんなに怖い思いをしても日本に帰国すると窮屈で仕方がない。こっちはマイペースでラクして生きていける。ストレスもない。三十年もいるから理屈じゃない。妻も子供もブラジル人だから、もう後戻りはできないよ」

サンパウロに向かうハイウェイにはパイネーラというピンクの花が咲いており、日本のソメイヨシノのよう。クワレズマという樹木は紫色の花が咲いている。南国の美しい花々と危険な国のイメージが結びつかない。そんなに怖い国なのだろうかと、不思議に思う。

翌朝は四時に起きて、飛行機でサンパウロからカンピーナスに飛び、カンピーナスからブラジリア、さらにベレンに飛ぶ。飛行機で七時間、じつに三千キロの移動。ほぼ日本列島の長さで何とも広大な国土なのだ。

ブラジル北部の赤道直下に位置するベレンはアマゾン川河口に開けた港町。植民地時代の情緒を残し、マンゴー並木には大きな緑色の実がたわわに生《な》っている。

早速、農大ＯＢの野口さんがベレンの隣・アナニンデウア市でやっているスッポン養殖の見学に向かう。見渡すかぎりの広大な生簀《いけす》の周りはバナナやアサイヤシ、マンゴスチンの森がある。苔《こけ》色の生簀の壁面にはジャンボタニシと、鶏卵の大きさ程もある赤い固まりがたくさんくっついている。表面はイクラのような粒々になっていてグロテスクだ。

「この不気味な赤い固まりは何ですか？」

「ジャンボタニシの卵です。スッポンのエサになるんですよ」

以前、テレビで、「日本でジャンボタニシを食用にしようと海外から持ち込んだ業者がいたが、エスカルゴのようには成功せず、田んぼに捨てたら増殖して、稲を食いちぎり大変なことになっている」と聞いたことがある。まさにそのジャンボタニシだった。しかし、三億円の資本を投じて二万匹のスッポンを育てているが事業としては成功せず、二〇〇四年には異常気象で雨が降らず、スッポンが干上がってしまった。

しかし、野口さんはめげていない。

「たまに中華料理店にスッポンを納品するけど数は多くない。それよりスッポンの卵で健康食品を作ったら、それが売れているんです。スッポンは若返り、疲労回復、精力増強に効果を発揮するんです。私も白髪《しらが》だらけだったのが黒くなったし、ウチの奥さんはお婆さんみたいだったのが若返ったんですよ」

わが健康食品事業部も「マカ」に続いてスッポンの力を借りなければなるまい。

〈アマゾン川、十二時間の船旅〉

その翌朝は三時起床で、真っ暗な中、トメアス行きの船がアマゾン川を出航した。木製の船には農大ＯＢの方々五十人が乗船している。甲板には、十二時間もの船旅に備え、幾つものハンモックが吊《つ》られ、幕の内弁当や、ウイスキー、ジュースも持ち込

アマゾン川の川岸風景

ベレンから
トメアスまで
12時間の船旅

んだ。開高健さんのルポ『オーパ！』に出てくるピラルクとかピラニアといった怪魚が見えないかと川面をのぞき込むが、魚の影すら見えない。両岸には貧しそうな地元住民のトタン屋根の家々があり、子供達が水遊びをしたりしながら手を振っている。

ついにアマゾンまでやってきたんだ。日本から丸一日以上もかかるアマゾンに来ることなんてもう二度とないだろう。この光景を忘れないよう、必死で凝視する。

暮れなずむ頃、船はトメアスに到着する。北ブラジルでは最大の日系人移住地で八十年近い歴史がある。かつてのトメアスはベレンからの道路がなく、唯一の交通手段が川船で、「陸の孤島」と言われ、マラリアの脅威、経済作物が育たないといった厳しい条件下で初期開拓者達の苦闘の歴史が始まった。異常降雨による水害で土壌病害が広がり、ピメンタ（胡椒《こしょう》）産業も致命的大打撃を受け、危機に陥った。幾多の困難を経て、現在はアサイ等の果樹作物を多角的に栽培しているという。

しかし、今でも粗末な木造家屋が立ち並ぶ。赤ん坊を抱いた女の人や、子供達が裸足《はだし》のまま船着場にやってきた。

トメアスの墓地に行くと、墓の周りにはパレテーラというマメ科の樹木が生い茂る。塀もない草っ原にある貧しい墓地には日本人の墓ばかりが立ち並ぶ。野原家之墓、山

トメアスの墓地。ブラジル人の墓には花輪が
飾られているが、日本人の墓は寂しい

田家、加藤家、横倉家、長井家、成井家、田中家、八巻家……。

鳥がキーキー、ビンチビーと鳴いている。「ビンチビー」とは、ポルトガル語で、「あなたを見ています」という意味だそうで、物悲しい鳴き声に包まれた墓地は何とも寂しい。

ブラジル人の墓にはハイビスカスの花が飾ってあるが、日本人の墓には誰も訪れた形跡がない。多くの日本人の名前を見て目頭が熱くなった。日本からこんな遠い土地に来て、彼らはどんな一生を過ごしたのだろうか。

ピメンタを育てるため、どれほどの苦労をした後、この墓地に埋葬されたのだろうか。マラリアで亡くなられたのだろうか。

まさに父が三十年前に見た墓と同じだった。

――耕地には墓場もなかったので、町まで遺体を柩《ひつぎ》に入れて運ぶことにした。棺桶《かんおけ》を作るのには、日本人移民たちが山から木を伐ってきて、手際よく運んでくれた。総監督は馬車を貸してくれた。

いよいよ柩が馬車に乗せられ、動きだそうとするとき、雨になった。四郎もいともに手伝ってくれる移民たちもしとどに濡《ぬ》れた。老いて疲れたような馬も濡れ、その濡れた尻《しり》から湯気を立てていた。――

『輝ける碧き空の下で』より

東京農大のOBの方々が墓参をしながら、移住した当時の様子を教えてくれる。五十年前はブラジルに来る前に、『移民の指導要綱』という小冊子が配られたそうで、「ドラム缶を持っていくと荷物入れや風呂《ふろ》になるし、種子の収納にも便利です」とか、「ブラジルでは人前で裸足になってはいけません」とか、注意事項もあった。

「日本人はどこでも裸足になるけど、外国では裸足になるのは寝る時だけだからね。いろいろと書いてあったけど、考えられないような苦労があってね」

桜の専門家で、ブラジル各地で桜を育てている沖さんは二十二歳の時、オランダ船でアフリカ回りでやってきた。

「横浜港を出港する時、汽笛がボーッと鳴り、みんな、親戚《しんせき》や親、兄弟、恋人と、涙、涙の別れでね。神戸、沖縄、香港《ホンコン》、シンガポール、モーリシャス、モザンビーク、ダーバン、ケープタウン、リオデジャネイロ、と来てサントスで下船した。二ケ月もの船旅でした。途中で港に着くと、マンゴスチンやパイナップル、マンゴーが売られていて、どれも見たこともない果物ばかりで、パイナップルなんてどうやって食べるのか分からないから皮を薄く剝《む》いて食べる。皮のギザギザで舌がダメになった（笑）。

マンゴーもまだ緑色で熟れてないのを食べると、ウルシ科なので口の周りがかぶれてね。あの頃、日本ではバナナが高価で、病院のお見舞いの果物籠《かご》に一本入っていると豪華だったけど、パナマ運河のクリストバールでは一房が一ドルで売られていた。あまりの安さに驚きました」

「ボクはアメリカ丸できた。すぐにトメアスの開拓に入ったんだけど、ジャングルに一ヶ月いたら、太陽の光が入ってこないから肌が真っ白になっちゃってね」

香港では華僑《かきょう》の商人達が二百人も乗ってきて、衣類や薬草、ワニ皮など、ありとあらゆるものを甲板に広げて売りさばいたという。

「華僑の人達のパワーはすごくてねえ。しかも、みんなニンニク臭いんだよ」

見るもの、食べるものの全《すべ》てが初めての船旅だったが、船酔いは想像以上のつらさだった。太平洋が荒れて船が四十二度も傾いて沈没しそうになり、アフリカ丸の船医は、船酔いで部屋から一歩も出てこなかったという。

「ブラジルに来た時、ボク達は大学卒というプライドがあったんです。その頃の日本では、農業をやる人は中卒とか高卒が多い時代だった。オレは田舎の出身だけど、世田谷の大学に通ったという自負があったんです。

ところが、ブラジルにやってきたら、算数も知らないようなパトロン（農園主）にこき使われて大変な苦労をした。最初の三年間は日雇い労働で、最低給料で過ごしながらブラジルの習慣や食生活を覚えました。次の三年間が契約農で、パトロンが提供した土地、農業の機械、種子を使って畑を作り、収穫した作物を『四割分ける』『三割分ける』と契約するんです。毎日、技術を覚えたり、土地の習慣や言葉に慣れるのに必死でしたね」

「カカオの実には目に見えないようなブヨがついて痒《かゆ》くてね。しかも雨になると、蛇がくるんですよ。大きなトグロを巻いて、『シューッ』と音を出す。それでピュッと飛ぶんです。それが恐くてね。でも猛毒のガラガラ蛇は薬になるんです。皮を剝《む》いてアルコール漬けにして化膿《かのう》したところに貼《は》ると治った。蛇肉は薄塩にして、焼いて食べたり、干し肉は強壮剤になるんですよ。月給は五コントで、そこから住居費、食費、電気代をとられ、残りが二コント。タバコを買うとなくなるんだ。日曜も仕事で、午後二時からやっと休みをもらえて、金ダライに洋服を入れて足で踏んで洗濯をしてね。その繰り返しだった」

「斎藤さん、私は三回、虫が体に入ったんです」

「ハッ？　虫がですか？」

「昭和三十七年頃、貧しくて豚の内臓で石鹼《せっけん》を作っていて、農作業服を石鹼で洗って干すと、豚の匂《にお》いに誘われて虫が卵を産むの。臍《へそ》の横が蚊に刺されたみたいで、『痒いな』と思って見ると、二ミリの穴が開いていてサナギが育っているんです」

「エーッ、サナギがですか!?」

思わず卒倒しそうになる。

「『一匹虫《イッピキビショ》』と言って、虫が息をしているのが見えるの。筍《たけのこ》みたいな節があって、毛が生えていて。それをギュッと、爪《つめ》と爪で挟んで体から搾《しぼ》り出すんです」

父の本にも同じことが書いてあったが、「これは昔の話だ」と読み飛ばしていた。

まさか、今、生きている目の前にいる人達の体に虫が入ったとは衝撃だった。

――害虫はほかにもいた。ズーモン耕地からなじみのある虫に砂蚤《ビッショ・デ・ペー》という小さな蚤《のみ》の一種がいた。これが足指、爪のあいだにいつのまにか喰いこむのである。初めはむずがゆい。といって、何であるのかわからない。するうちその虫はなお深く喰い入り、袋の中に産卵する。すると化膿したり、ときによっては発熱することもある。

正体がわかってから、移民たちはこの蚤を単にビッショと呼んだ。そして夕食後、足指に喰いこんだビッショを掘りとるのが日課ともなった。爪先で押してゆくと、殊《こと》さら痛がゆいところが発見される。よくよく見ると、もう卵を産んでいて米粒大に皮膚が白くなっている。これを針やナイフで掘りだすのだが、思いきって大きく穴を開けねばならない。うまく卵のはいっている袋を掘りだせばよいが、袋が破けると白い無数の卵がとびだしてくる。こうなると、一つ一つの卵をつぶすのも困難だし、たいてい化膿してしまう。従って、厄介なビッショ掘りも、毎晩、慎重に根気よくつづけなければならない。――『輝ける碧き空の下で』より

その晩の会食では、東京農大の先生やOBの他に、現地で頑張っているという昭和十五年生まれの鈴木耕治さんという方がいらした。

「ウチの息子が農大でお世話になり、息子の代わりに出席しています。私は斎藤さんのお父さんに会ったことがあるんですよ」

「えっ、父に⁉」

「お父さんが、一回目にトメアスにいらした時、今は廃業した『プラザホテル』というホテルのベランダでお会いしました。当時、私は三十六歳で、トメアスの文化協会におり、『日本から作家の先生がくる』というので、上司に付き添って、ご挨拶《あいさつ》したんです」

「父はどんな様子でしたか？」

「とてもお元気な様子で、『原始林にきれいな蝶《ちょう》がいますか?』と質問されていました。私は福島県の片平村の出身ですが、千家族が住む村に四台しか小さいハンドトラクターがない時代に、トメアスはトラクターやトラックは何台もあるし、野球、柔道、卓球のチームもあり、バンドまであって驚きましたよ。福島でバンドなんて見たことないですから」

まさかこんな異国の地で父に会ったことがある人と出会うなんて驚きだった。スッポンの生簀を見るだけのノンキな物見遊山の旅が、何か強い力に引かれるようにシリアスなブラジル移民の歴史を考える旅に変わってくる。

翌日はトメアスにある「トメアス文化農業振興協会」の移民資料館を訪ねた。展示室には移住者の渡航荷物が飾られてあり、一メートルもの大きな日本の国旗には、「御健闘を祈る!」「ブラジルのジャングルに注意」「ブラジルに関西弁を普及させよ」「頑張ッテイコウ」と手書き文字が書きなぐられている。まるで特攻隊に行く人を見送るかのようだ。他にも、柳行李《やなぎごうり》、ブラジル移住者心得の手帳、「ぶらじる会話」と書かれた小冊子、植民間契約書、鉈《なた》、米びつ、砥石《といし》、臼《うす》などが展示されている。ついこの間まで誰かが使っていたかのような生々しさが残っていて見るのが辛《つら》い。こんな

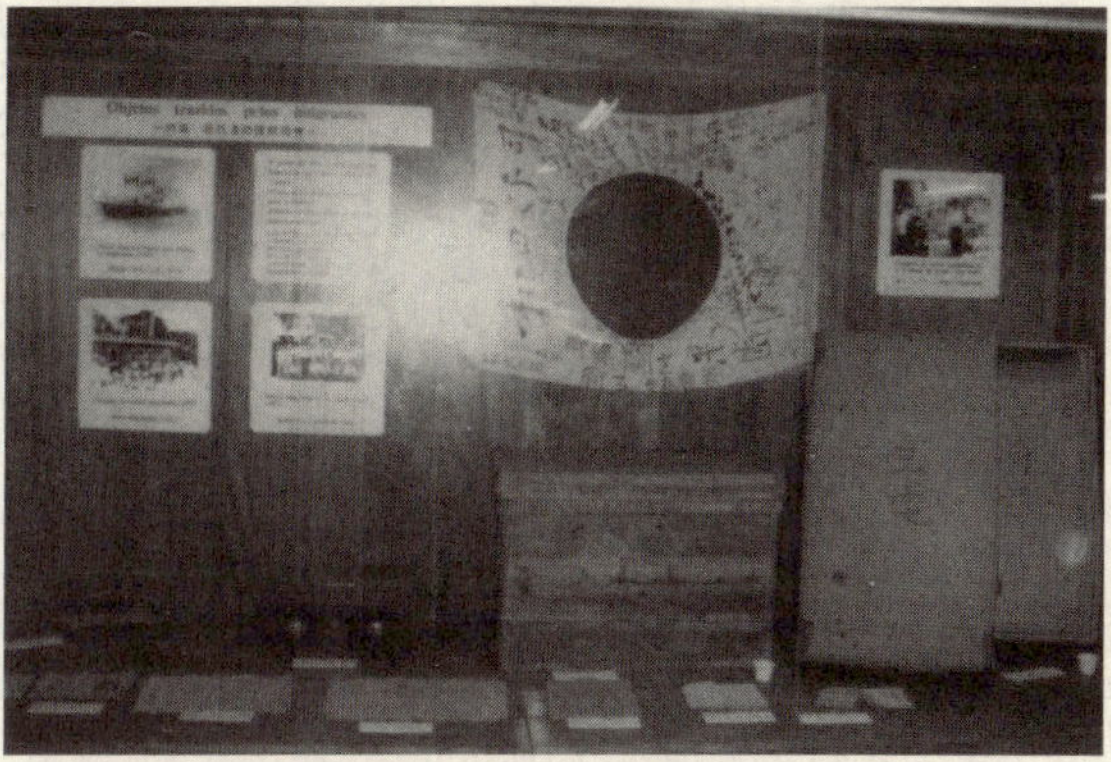

トメアスの移民資料館には「三宅」と書かれた柳行李や
「ブラジルのジャングルに注意」と書かれた日の丸の旗が

場所に、昔、父は来たのだ。

〈輝ける空の下の弓場農場〉

最終日は、第一回の移民船「笠戸丸」が到着したサントス港に行く。芝生の美しい公園には、「日本移民ブラジル上陸記念碑」と書かれている銅像があった。三人の親子の銅像は、背広姿のお父さんが遠くを指差し、スカート姿の母親と小さな子供が寄り添っており、百年前、移民の方々が来伯した時の姿なのだろう。みんな大きな夢を持ちながら、日本の真裏にある、こんなにも遠い国までやってきたのだ。

——前方の開けた土地に、トメアスーの船着場が現われてきたとき、一同の喜びも大きかった。まだ木の栈橋もできておらぬ陸地には、先発隊の日本人が大きく手を振っている。ぼんやりとそばに突っ立っている現地人も見える。

「おーい」

「やってきましたぞう！」

「よろしく頼みまっせえ！」

移民たちは口々に、せい一杯の声をはりあげた。——

『輝ける碧き空の下で』より

最終日のサンパウロでも「ブラジル日本移民史料館」を訪れたが、昭和天皇の御真影や、移民の人達が持参した日本人形などがあり、胸がしめつけられる。ジャカレーという肉食の一メートルもの大きなワニや、胴の直径が十センチもある縞々《しましま》の大蛇、アンタという三百キロもの貘《ばく》や、「南米ヒョウ」と言われるオンサ・ピンターダなどの巨大獣の剥製《はくせい》もあった。こんなジャングルの奥地で、どうやって彼らは生活を営んでいたのだろう。

その日の昼食に、たまたま現地企業の日系人の社長様からの招待を受け、ブラジル商工会議所の昼食会に出席させて頂いた。ソニー、パナソニック、三井物産、ヤクルト、日本郵船……という日本企業の現地法人の社長が百五十人も出席されており、ブラジル企業のトップや元農林大臣らも出席されていて、皆様の前でスピーチを促された。

私がトメアスで見た日本人墓地の話をすると、「あんな奥地まで行ったんですか?」「私はマナウスには何度か行っていますが、トメアスまでは行ったことがないです」と声をかけられた。日本のサンパウロの総領事様から、「来年は日伯一〇〇周年記念

サンパウロのブラジル移民史料館には
移住者を震え上がらせた猛獣の剥製が
（上）南米ヒョウ「オンサ・ピンターダ」
（下）肉食の大ワニ「ジャカレー」

ですから、是非、お父様と来伯されて下さいね」と声をかけられる。みなさん、来年のイベントを盛り上げようと意気軒昂《けんこう》であった。

しかし日本に帰国すると、現地であんなに盛り上がっていた日伯一〇〇周年はまったく報道されていない。ブラジルに関する話題といえばバイオガソリン（エタノール）の開発と普及に熱心であるということくらいだ。旅行会社もマスコミも盛り上がっておらず、ブラジルについての情報は皆無といっていい。日本から遠い異国の地でみんな頑張っているのにと何ともやりきれない気持ちになる。

パソコンを見ると、弓場農場の矢崎正勝さんからメールがきていた。今回、父が二回も訪ねたという弓場農場に行きたかったが、あまりに遠いので断念したのだ。

ブラジルに行く前に、「父の思い出で、何か覚えていることがあったら教えてください」とお願いしたことへの返事だった。

「一九七七年三月十七日から十九日、北杜夫さん、写真家・藤森秀郎さん、助手・添畑さん、醍醐《だいご》麻沙夫さんの案内で来訪され、歓迎バレエと芝居『桜の森の満開の下』を上演。と記録してありました（この芝居は、前年のユバ・クリスマスの集いに上演したものでした）。几帳面《きちょうめん》なお父上のこと、しっかり記録しておいでのことと存じます。しかし、奇《く》しくも明日で丁度三十年になるのですね。

ユバにお着きになったお父上の第一声は、『いやあ、遠いですね！　途中、醍醐さんが、〝もうすぐですよ〟って言うから、〝どの位ですか〟って聞いたら、〝あと二百キロです〟って。本当に驚きました』と大笑いされました。

滞在中のお父上は大変陽気で、歓迎のバレエ公演終演後、食堂での茶話会では、素晴らしい舞台を見せていただいたお礼にと言われて、浪花節《なにわぶし》『次郎長伝』の一節を唸《うな》られ、楽しい一時であったのを記憶しております。

翌日、私が敷地内をご案内した折り、原生林に沢山の蝶がいることに、網を持ってこられなかったことを残念がられ、次の日は一人でお出でになりたいと仰《おっしゃ》るので、万が一森の中で方向を見失ったときは、鶏の鳴き声を頼りに抜け出してください、と申し上げました。小一時間ほどして森の入り口まで行ってみましたら、何と、細かく千切ったトイレットペーパーが遥《はる》か森の中まで点々と続いておりました。まるでヘンゼルとグレーテルの世界で、何とも微笑《ほほえ》ましいことでした。

毎日、蝶や虫を追いかけて散策されるお父上に、ユバの子供達は皆一様に『ヘンなおじさん！』と笑っておりましたが、中で、普段は寡黙《かもく》な一人の女の子が、お父上の前に一つの小箱を、ポンと持ってきて『好きなの、取っていいよ』と蓋《ふた》を開けました。

それは、彼女が長いこと掛かって採りためていた、パラフィン紙に包まれた沢山の蝶でした。お父上は、夢中になって、あれもこれもと取り分けておられました。側《そば》で微笑みながら見ていた女の子は『いいよ、ぜんぶあげる！』と心の通い合った仲間にでも言うように気前よく箱を押し出しました。

『本当にいいのかい？』

『うん』

二人の楽しそうな笑顔、今も心に残る一コマでした。

また、暑い最中、夜は決まって酒盛りでしたが、したたか飲まれていても、飛び来る虫を嬉々《きき》として捕まえ、これはスカラベ、この虫は何科の何という学名でと、手にした試験管に入れつつ蘊蓄《うんちく》を傾けておられました。

僅《わず》か三日間のご滞在ではありましたが、心に壁を持たれないお父上のお人柄に、皆、打ち解けて楽しいお付き合いをさせて頂いたことでした」

三十年前、五十歳の父が元気に浪花節を唸ったり、蝶を追いかけ走り回っていた様子が目に浮かんで嬉《うれ》しかった。現在の父は腰痛《ようつう》で歩くのもままならない。家から十分程の羽根木《はねぎ》公園にすら行くことができない。

日本に帰る飛行機の中ではサンパウロやトメアスで見た日本人の墓を思い出し、涙が止まらなかった。私を含め、いまの日本人は何と安逸な生活をしているのだろう。

帰国してブラジルのことを父に報告すると、

「みんな、内地以上に正月や天皇の誕生を祝う『天長節』などの日本の行事や儀式を大切にしたんだよ。移民ほど母国を懐《なつ》かしむ人はいないよ」

と、父は語った。

私は、父を無理矢理、車椅子《いす》に乗せてでもアマゾンを再訪したいと思っている。

「ブラジルなんて無理だ。絶対、やめてくれ！」

と叫ぶ父の悲鳴が聞こえるが……。

トメアスの子供たちと

ダメ上司見本帳

デキると思っているダメ上司

先日、蓮舫《れんほう》さんと編集者A子、某省の美人キャリアと居酒屋に行った。

その際、何百人もの部下を持つ美人キャリアが、

「ねえねえ、やる気のない男の人をどうやってやる気にさせたらいいかなあ」

と、ぼやくのを聞いて、みんなで大笑いした。朝から夕方までボーッと働いているオジサン達をやる気にさせるのは至難の業らしい。

今、女性達の最大のストレスの元凶は、「自分では仕事がデキると思っているが、実は仕事がデキない男」と、言われている。とにかく、「オヤジ被害」で女性達はヘトヘトだというのだ。

編集者のA子は、

「オヤジ被害なんて日常茶飯事ですよ。地方に行くと、警察の幹部の人から、『内緒で情報をあげるから』と、小料理屋の個室に呼ばれ、部屋を出る時にキスを迫られた

りするんだから」

私達はビックリ仰天！

「エーッ、マジッ!?　そっ、それでどうするの？」

「キスをかわして店を出ても、やたらに暗い夜道を歩いたりするの。情報収集の夜回りでは、独り暮らしの地検関係者に、『ボクの家に入って話をしようよ♡』と言われ、本当に困るんだから！」

私達はビックリ仰天！

蓮舫さんは怒りっぽいから、湯気を出して大激怒。

どこの企業でも、優秀なOLほど、「ダメな上司」というストレスを抱えながら頑張っている。ダメ上司は甘えん坊でチヤホヤされるのが大好き。仲間外れにすると、すぐ拗《す》ねる。

OLの間では、「仕事がデキない」と自分自身をわかっている上司は害がなくて許されるが、最悪なのは、「自分は仕事がデキる」と思っているが、仕事がデキないダメ上司。朝から暴言をまくしたて、パワハラがひどいらしい。

恐るべし、この勘違いオヤジがあちこちに存在し、OL達は振り回される。

美人編集者のY子は、「優柔不断、方向性がコロコロ変わる、報告したことをすぐ忘れる」という上司にホトホト疲れ、ついには円形脱毛症になってしまった。

「朝起きて、髪をブラッシングしたら、ゴソッと抜けたの。気味が悪かったよ」

「どうやったら治るの？」

「お医者様に行ったら、一〇〇パーセント、ストレスだって！　こんなに若いのに脱毛なんて有り得ないから、職場環境を変えなさいと言われたけど無理だよね」

「うん、無理だよ。上司は部下を選べるけど、部下は上司を選べないからねえ」

「あー、もう最悪！」

「どんな毎日なの？」

「例えば、ウチの部長が作家と電話しているじゃん。向こうから、『増刷しろ』とか、『映画化しろ』と要求があっても、それをうまくかわすことができないの。『あんな言い方をしたら、作家は絶対怒るだろうなあ』と電話の隣でハラハラして聞いているわけ。精神的にすごく悪いよ。挙句の果てに作家を怒らせて、『版権を他社に替える』とか、『担当者を替えろ』って大騒動になるわけ。ウチの部長は、ただの出版バカで交渉能力ゼロ。あれが上司で私の人事考課をするんだから本当にイヤになるよ」

Y子は深いため息をつきながらラメが入った美しい爪《つめ》でロングヘアをかき上げる。艶《つや》やかなロングヘアが自慢だったのに。一流大を卒業し、憧《あこが》れの出版業界に就職しても悩みは多い。

企業で働く友達にはメニエール病でめまいや難聴が起きたり、帯状疱疹《たいじょうほうしん》や成人性アトピーで出社できなくなった友達も多い。鬱病《うつびょう》もいる。みんな上司とのストレスが原因だという。

会社のOL達とランチに行き、上司の様子を問う。

「部長のことで、頭にくることってある？」

「朝、部長に報告したのに、午後にまた部長から呼ばれて、『この件どうなってるの？』と聞かれることかな。あれって本当に忘れているみたいで、一瞬、冗談かと思うよ」

「それって頭にくる？」

「でもそんなことで、いちいち頭にきていたらOLなんてやってられないよ。私達とは、『別の生き物』と思った方が気が楽じゃない？」

「ああ、そうそう、別の生き物なんだよね！」

みんな明るく笑った。

亀《カメ》部長

先週のコラムで、「OLの最大のストレスの要因は、自分では仕事がデキると思っているオヤジだ」と書いたところ、友達からメールが殺到！

一流出版社の美人編集者からも電話がかかってきた。

「ウチも、昨年、社長が代わって大変なの。やる気マンマンの社長で、毎年、如水会館で全社忘年会をやるんだけど、昨年は忘年会の前日に、『カラオケタイムをやるから、人選をよろしく』と各部署の担当役員に連絡がいって、大変な騒ぎになったんだよ！」

「今までの忘年会はカラオケタイムがなかったの？」

「なかったよ。役員達は大慌《あわ》てでウチの部署にもやってきて、『この部署で歌が巧《うま》い子はいる？』とか、部長に向かって、『君が歌ってもいいよ』と相談したり、女の子をつかまえては、『君、巧かったよね？』と声をかけて、『私、出張のため、忘年会に出席できません』と断られたりして役員はオロオロ。結局、定年退職する人や功労賞を受賞した人が歌ったり、営業や男性・マンガ誌から各一人、女性誌から一人が歌って、社長も『酒と泪《なみだ》と男と女』を歌ったんだ。今年の社員への新年スピーチも、『どのように仕事を攻めるか』って、すごく張り切ってるよ」

「ウチも同じだよ！　やる気マンマンの社長に、みんな振り回されてるよ」

不況が続き、「現状のままではいかん！」と各社大変だ。

一方、子会社で働くOL達は、本社からきた、「やる気マンマンのダメ上司」に振り回されている。

大手総合電機メーカーで働くT子から電話がきた。

「ウチは子会社だから、本社で使えない社員が部長としてくるわけ。今の部長は亀《カメ》って言うんだ」

「なっ、何？　亀って？」

「部内で何かあると、亀のように首をノソーッと動かして目をキョロキョロさせるので、みんなで亀、亀って呼んでいるの」

「それって本名なの？」

「名前はちゃんと別にあるよ。でも、目の半分まで瞼《まぶた》が被《かぶ》さっていて顔も亀みたいだし、上には弱くて、何か強く言われると、すぐ首がシュルシュルって縮んで甲羅の中に入っちゃうの。それで甲羅の中に埋まった顔から、恨みがましい三白眼で見上げるんだよね」

「それ本人が聞いたらショックだよ。かわいそう!」

「かわいそうなんてとんでもない! 私達の方が一〇〇倍かわいそうだよ。だってね、亀は権力志向で、いつも上には過剰反応。国益の話が大好きで朝日新聞を愛読して、部下に訓示垂れるのなんて、三度のご飯より大好き。毎朝、戦記モノから引用したようなヘタなカツを入れるんだよね」

「仕事はできるの?」

「全くダメ! 仕事の諦《あきら》めは早いのに出世したいようで、既得権益にはスッポンのように嚙《か》み付いて放さないの。わかりやすいでしょ?」

「亀部長、見てみたい! 一緒にご飯とか食べられないかな?」

「えーっ、亀とご飯を食べたりしたら大変だよ。亀の接待は、まず一時間、自分の大学・会社・仕事の武勇伝を披露。後は酒に弱いので、すぐ懐石のお盆に額をつけたまま爆睡するの」

「えっ、寝ちゃうの!?」

「でもすごいのが、ステーキや松茸《まつたけ》料理、フカヒレなど、高いものを食べた後に寝るんだよね。先方が会計を済ませると、ガバッと起き上がって、『いやー、いい晩でしたね。また近いうちに』と言うんだよ。それで翌日、私が先方に御礼のメールをすると、『今度は部長さん抜きでお願いします』と返信メールがくるの。本社への提出資料も私達ＯＬが作っているんだから！」

「その実態を本社に言った方がいいんじゃない？」

「みんなわかってるよ。だから子会社にいるんだよ」

「毎日、ストレスでしょ？」

「ランチに行くと、とにかくＯＬは亀の話ばかり。でもこの間、外線がかかってきて、『亀部長、お電話です』って間違ったら、みんな大爆笑。メチャクチャ焦《あせ》ったけど、気分スッキリしたから、もう大丈夫。何故《なぜ》か、部長も笑ってたよ」

お使いワンちゃん

日本全国のOL達は、「やる気マンマンのダメ上司」に振りまわされて、疲弊中。

一流電機メーカーで働くR子からも電話があった。

「この間、ウチの部長の不正が発覚したんだよ!」

「えっ、R子の会社でもそんなことってあるの?」

情報機器のシステム部門で働くR子達は、残業や休日出勤は当たり前。部長が異動になり、残務整理をしていたら、不正な書類や伝票が見つかったという。

「明らかに私的な領収書がいっぱい出てきたの」

「大きな金額なの?」

「総額で八〇万くらい。でも一応、上司に報告したら、上司も管理責任を問われるからウヤムヤにしたの。もうアタマにきて、本社の部長がきた時に思いきって報告したんだけど、その部長からも、結局、何の連絡もないんだよ」

R子は不正が発覚した後、上司に相談するかどうか、悩みに悩んだが、本社の対応に一番ショックを受けたという。そのためにメニエール病になってしまい、会社に行くと、めまいでクラクラ。おまけに今回の異動でR子はラインから外された。

「信じられないでしょ？　私が邪魔でうるさいからだよ。もう頭にきた！　こうなったら、この会社に六十歳までいることにしたの。まさに、『戦うOL』だね」

ダメ上司はR子を〝女戦士〟に変えたようだ。

一流商社で働くK子からもメールがきた。K子は色白のぽっちゃりタイプ。

「ウチの会社には、『お使いワンちゃん』がいるよ。本社から予算をとってきて、それをメンバーに渡すだけが仕事の犬《イヌ》部長なんだ」

「あっ、そういう人って、あちこちにいるよね」

「いつも、本社に交渉に行く時、どのように話をしたらいいのかわからないので、部下の女の子達に話すべき事項を書いてもらうの。それで本社に行く日は、朝の部内会議で、『今日は本社で会議があります』と言ったり、社外の人との電話でも、『ボクは、今日の午後、本社で会議があります』って威張るんだよね」

「わかりやすい部長だね」

「でしょ？　犬部長は私達が作った資料を持って本社の会議に行くんだけど、実際には本社会議で要望が通らないばかりか、新しい課題やノルマをゴッソリ押し付けられて、スゴスゴ帰ってくるから、私達は、『あれで、ちゃんと、お使いになっているのか疑問だねえ』って言っているんだ」

「その部長は、他には何の仕事をやっているの？」

「ボーッと座っているだけ。毎日、暇そうで、ユカより暇だと思うよ」

「でも、『お使いワンちゃん』ってかわいい！　その部長、かっこいいの？」

「ただのオヤジ。でも自分ではモテると勘違いしているの。一応、一八〇センチあるからね。モテたいオヤジの愛読誌『ＬＥＯＮ』や、『日経おとなのＯＦＦ』を読んでいるから、おめでたいよ。いつもイタリアンブランドを着てるんだけど、この間の休日出勤にはひどい私服で出社して、みんな笑いを堪《こら》えていたんだよ」

「男のオシャレ度は私服でわかる」というのはＯＬの常識。靴が背広用の革靴だったりするのは問題外だが、髪型やベルトが変だとか、ＯＬのチェックは厳しい。

週末、スポーツクラブに行ってサウナに入ると、二十代の美しい女性達がおしゃべりをしていた。

「レイ子のネイルってきれいな色。ラメもかわいい！」

「これ、ネイルサロンでやってもらったの。今年の流行色なんだって。私、お疲れモードだから、自分へのご褒美《ほうび》にエステや爪《つめ》にお金をかけることにしたんだ」

「あっ、私も！　自分磨きが一番大事。今年こそ、『部長、頼むから私を食事に誘わないで』って思うよね」

「私も新年会でまた二次会に誘われたの。忘年会でも一緒にカラオケに行ってあげたばかりなのにさあ。甘えるなら給料上げて欲しいよ（笑）」

みんな、目がパッチリしていてモデルのように美しい。ウエストが細くて胸が大きい人ばかり。胸の谷間に汗がじわーっと流れ落ち、桜色の乳首が輝いた。

パワハラ部長

大手電機メーカーの孫会社で働くE子から電話がかかってきた。

「日本の会社はイエスマンしか出世できないようになっているんだよね。みんなに、『アイツは仕事ができない』って言われるような人でも、本社出身というだけで取締役になったりするの。悪い評判しか聞いてないのにさあ。傲慢《ごうまん》で底意地が悪くて最低な人なんだよ。こういう人事を見ると、会社への信頼が薄らぐよね」

「そんな人が取締役になって社長は困らないの？」

「社長も、『ウチのような孫会社は早くつぶせばいい』って言っているから会社に愛着ないみたい。所詮《しょせん》、ウチは本社から飛ばされて定年までを過ごす会社なんだ」

「でも、二、三年ならつきあいが短くていいじゃん」

「ところが、今回の異動で来た上司は五十三歳なの！」

「えーっ、じゃあ定年まで七年もあるじゃない！」

「そうなの！　とにかく、ちゃんと自分の意見が言えて、『これは良くない！』とトップとケンカできる人が欲しいよ。日産のゴーンみたいに」

「あっ、それ、ＯＬ達はみんな言うよね」

　どの会社のＯＬも、

「ウチの会社を立て直すためには強い意志を持つ人が欲しい」とよく語る。某放送局の社員も、

「ウチの官僚主義を直すには、絶対、日本人じゃ無理だよ！」

とも。

　どの会社も消去法で、人あたりの良い人ばかりが社長になる時代だから、「教頭先生みたいな人が社長になっても会社の構造は変わらないよ」と、ＯＬ達は手厳しい。

さらに現在、各企業で問題になっているのが、「パワハラ」だという。

　地方の放送局に勤めるＣ子からメールがきた。

「ウチの上司は、『オレみたいにヤレ!!』と怒鳴ってばかり。今の若いもんはダメだとか、根性がないとか、旧陸軍のような精神主義で、暴言を吐きまくるの」

　つぶらな瞳《ひとみ》で色白のＣ子は、その昔、上司のセクハラに悩まされた。かわいい格好をしていると、「今夜、デートなの？」とか、「彼氏いるの？　セックス、ちゃんとや

っているの？」とか、しょっちゅう声をかけられたそうだ。

「この年になって、やっとセクハラがなくなったと思ったら、今度はパワハラ上司なんだよ。休日出勤や深夜残業も当たり前で、『自分がここまでやるからオマエラもここまでやれ』とまくしたてられ、男性社員も、みんなノイローゼなんだ」

「それってひどい！　上の人に言ったほうがいいよ」

「そんなことしたら大変！　この間も男性社員が風邪で休んだら、『何故こんな大変な時に休んでいるんだ!!』って言われて、みんな震え上がったの。最低でしょ？」

部下に対する暴力や罵倒《ばとう》はわかりやすいが、実は、「表面化しにくいパワハラ」こそが問題らしい。

企業には人事考課で売上達成や管理目標などの項目がある。ところが、できもしない目標を掲げさせ、ノルマを達成できなかった場合、部下を徹底的に責め、精神的に追い詰めたりする。

「パワハラする上司って、学生時代、体育会が多いの。自分の元気を部下にも要求するわけ。週末にいろいろと思いつくから、月曜の朝礼でワーッと指示して、部下はあまりの威圧感に蛇に睨《にら》まれたカエル状態。しょっちゅう部下に説教したり、えこひいきしたり、相性が合わない部下を無視するのもパワハラなんだって」

「C子、つらいでしょ?」

「私はパワハラより、ブラハラに悩まされているの」

「何?　ブラハラって?」

「血液型(ブラッド・タイプ)による嫌がらせよ。ウチの部長はA型で、私がO型というだけで、ひどい誹謗《ひぼう》中傷を受けるわけ。『こんなに資料を大雑把に作りやがって。だからO型は嫌なんだ』とか、いちいち血液型を言うの。と思えば、『そんなに仕事を頑張っちゃって、仕事はオマエを抱いてくれないぜ』とかセクハラもあるから、部長達を再教育したいよ。あれで私達より給料がいいんだから本当に頭くる!　トップも人事部も全く現場を見てないんだから!!」

しとやかで可憐《かれん》だったC子が女戦士になっていた。

セクハラ大王

どこの会社もコンプライアンス（法令順守）が大ブーム。各企業の必死の取り組みにより、あからさまなセクハラは減ったようだが、相変わらず、「女好きのどうしようもない男性社員」はあちこちに出没中。

放送局で働く美人のR子から電話がかかってきた。

「出入りの制作会社の社長が、毎日、しょうもないエロ話をするんだよね」

「どんな話？」

「ウチのAプロデューサーが、十八歳も年下と結婚したんだけど、『いや〜、Aちゃん、ご結婚ですかあ？　十八歳も年下とは羨《うらや》ましいなあ。記録を更新されちゃったな』とか言うんだよね。その社長はバツ2で女好き。三人目の今の奥さんが若くて、ウチのパッとしない別のプロデューサーが、『社長こそ、今の奥さんは何歳でしたっけ？』と聞くと、社長が、『十五歳年下だよ。でも、Aちゃんに超されちゃったから四回目を狙いますか。ガハハハッ』って会話が、朝から飛び交っているの」

「テレビドラマに出ている鼻の下の長い社長みたい」

「でしょ？　ウチの女子アナも会食の誘いが多くて、本当に気の毒だよ」

男の人は女子アナや、黒木瞳さんが異常に大好き。企業の幹部にお会いすると、

「ウチのCMに黒木瞳さんが出たんですよ♡」と、一緒に写っているケータイの写真を見せてくれてデレデレだ。

女子アナと食事をしたことがある人は、「気どらない人だった」「普通で優しかったですよ」と、必ず言う。

（同じ人間なんだから、当たり前だろうが……）

と思うが、「カラオケまで一緒に歌ったんだよ♪」などと、みんな自慢げ。

一方、某一流大手出版社にも女好きの男ばかりがいる。

ポッチャリタイプで、つぶらな瞳のN子が語る。

「『一度でいいからヤらせろ!!』ってすごいんだから」

役員が契約社員にキスしたり、やりたい放題。忘年会後の「お持ち帰り」もあるそうで、この実態を社長が全く知らないというのだからオメデタイ。

翌日は大手広告代理店で働くK子とランチに行った。黒のパンツスーツで、シフォ

ンのブラウスからは黒の下着が透けて見え、色っぽくてエロかわいい。

「ウチの部長も女好きだよ」

「そんな人、どこにだっているじゃん。驚かないよ」

「違うの!! 風俗狂いなの。風俗王! 大きなイベントがあって、疲れが溜《た》まってくると風俗に行きたくなるみたいで、『今から行こうかな?』とか、いちいち私に言うわけ。ウエストが細くて胸が大きい女が好きなんだってさ。しかも、先週、その部長がスキミングされたんだ」

「スキミング?」

「カード被害。クレジットカード会社から、部長に電話があったんだよ」

「エーッ、なんでK子がそんなこと知っているの?」

「部長とランチに行ったら、『今、クレジット会社から、〝札幌でパソコンを買いましたか?〟って問合せがあって大変だったんだ』って教えてくれたから」

部長とK子は、得意先から北海道に招待され、ゴルフの後、寿司《すし》屋で夕食会があって、その後、二人はホテルに戻ったという。

「部屋に戻った後、風俗に行ったらしいんだよね。クレジット会社からの問合せに、部長は身に覚えがないから、『札幌でパソコンなんて買ってない』と答えたけど、『最近、どこかで背広を脱ぐ機会はございましたか？』と聞かれたんだって」

「そんな聞き方するの？」

「そうなの。最初、ウチの部長も意味がわからなくて、『背広を脱ぐ機会はない』と答えていたらしいのよ。それで先方に、『はっきり申し上げます。最近、風俗店に行かれたことはございますか？』と聞かれて、わかったんだって。『まいっちゃうよなあ』って。こんな最低話を聞かされながら蕎麦《そば》を食べる私ってかわいそうでしょ？人事考課もこの部長にされるんだよ」

「頭にくる？」

「給料はガマン料だから」

「すごい達観してる！」

「あと子守り料ね」

K子は新入社員の時から上役達の誘いがすごかった。

「この年になって、今さら何も驚かないよ。どうせ、日本の男性なんて似たり寄ったりだから（笑）」

男オバチャン

朝、電車に乗ると、雑誌「プレジデント」の広告が出ていた。「特集　できる上司入門・こんな指導法があったのか」と、やる気を高める見出しが躍る。

「キャーッ！　やめて～!!」と思わず思う。

頼むからデキない上司をやる気にさせないで欲しい。仕事が増えて大変なのだ。

会社に着くと、大手商社で働くS子から電話がきた。

「ウチにも、『やる気マンマンのダメ上司』がいっぱいいるよ。ダメ部長なのに役員に昇格して、『へえー、あの人がねえ』って声がモレたの。女が大好きで、ヨーロッパ出張に愛人を同行させたこともあるんだ」

「会社にバレてないの？」

「そう思ってるのは本人だけ。でも、すごい恐妻家なの。奥さんから携帯に電話がかかってきて、すぐに出ないと、『浮気している!!』と激怒されるんだよ」

「そんな人が、何故《なぜ》、役員になれたの？」

「それはゴルフが上手だから。接待が得意で、社長のウケがいいの」

ＯＬ達は何でもよく知っている。誰が大物だとか、どの部長が女好きだとか、情報網は人事部よりすごい。

まさに、「家政婦は見た」である。

働く女性達の大きな障害は、「やる気マンマンの仕事がデキないダメ上司」。さらにヒドいのが、「自分を大物だと思っているが、実はケツの穴が小さい上司」。決断力に乏しく、吠《ほ》えることだけが得意。小者のクセに、何故か権力を手に入れており、迷惑この上ない。

Ｓ子は憤慨している。

「役員もダメだけど、私の部長も覇気がなくてスケールが小さい。会議ではほとんど黙っていて、自分の得意分野でだけ、つまらない質問をするの。そのクセ、会議が終わると課長を呼んでコソコソやっていてバカみたい。『何故、会議できちんと質問しないんですか!!』って机を引っくり返したいよ。しかも、男オバチャンなの」

「男オバチャン？」

「女みたいにいろいろなことを気にして優柔不断な男のこと。あーでもない、こーでもないとか、社長に報告しておいた方がいいかとか、つまらないことで悩むの。大したことじゃないのにさあ。一度でいいから、大物と仕事がしたいよ」

午後には超一流企業のシステム会社で働くC子から電話がきた。

「先週、温泉に行くので金曜に会社を休んだら、週明けに上司に呼ばれたんだ。『オマエ、隣のA部長に何を言ったんだ？』って。『はー？』って言ったら、『A部長がオマエのこと、態度が横柄《おうへい》だとか、頼んだ仕事をやらないで勝手に休んだと言って怒っていたぞ！』って」

「何かあったの？」

「A部長は私に企画書を頼んだと思い込んでいたから、休んで激怒したらしいの。でも実は別の子に頼んでいたんだけどね。でもそれはもう済んだ話。言う方も言う方だし、いちいち私を呼ぶ方も呼ぶ方でしょ。全く呆《あき》れちゃうよね」

「いるいる、そういう人！」

「しかも自分は何もやらないクセに他人には要求するわけ。今回だって『金曜は休みます』とウチの部長には伝えているけど、隣の部署にまで普通は言わないじゃん。それなのに、A部長がウチの部長に、『C子が勝手に休んだ！　休むならオレにも報告させろ』と怒鳴ったらしい。自分は勝手に休んだり、昼間、黙って外出するのに」

「仕事はデキるの？」

「デキると思ってるのは自分だけ。おめでたいよね。しかも社長をバカにしていて、『会社の方針が変わり過ぎる』とか、新聞に載った社長インタビューを見て、『広報の仕切りが悪いな』とか、ヌカすわけ。『バカ！　オマエが広報部長をやってみろ』って思うよ」

「小者は嫌だよね」

「でも今の日本に大物なんていないじゃん。政治家も官僚も自分のことしか考えてない。私腹を肥やし、噂《うわさ》好きで女のクサったような人ばかり。男なら男らしい人生を生きて欲しいよ！」

ヒョエー!!

ジキルとハイド

大手広告代理店で働くK子から電話があった。

「ユカ、元気？　アタシ、昨晩、すごく怒られたんだ！」

「仕事で失敗したの？」

「違うの。ウチの会社は、『怒りキャラ』が多くて、威張ることが好きな人ばかり。部下を叱《しか》り飛ばすのが快感みたいな部長が多いの。今日のイベントの最終チェックに、昨晩、部長が来たの。そうしたら、『バカヤローッ!!　オメエ、こんな仕切りでいいと思ってんのかよーっ!!』って私を怒鳴ったの。会場がシーンとなっちゃって、ホテルの人とか、照明さんや音響さん達が凍りついたんだ」

「泣きそうになった？」

「全然!!　いつものことだから。何故、そんな発言をするかと言えば、『このイベントで一番エラいのはボクちゃん。みんなボクに挨拶《あいさつ》に来なさい！』というパフォーマンスなわけ。それで下請けの人達が大慌《おおあわ》てで、ペコペコと、『ご挨拶が遅れてすみません』って名刺を差し出しに集まるの。バカみたい!」

「それ笑える!」

「でしょ? 〝くだらない力を見せつけるのはやめましょう〟って、背中に貼《は》り紙したいよ。その部長が帰る時には、『明日は、このチケットを使って来て下さい』ってタクシーチケットを渡すと、『よし、ご苦労さん!』って機嫌が良くなるわけ。こういうオヤジに限って金に細かいんだよね。出張精算ばかりしていて。自分はライオンだと思っているけど、ただのネコ。〝派遣社員に甘えるのはやめましょう〟っていうのも部長の背中に貼りたいよ」

「すごい部長だね!」

「お得意様にはモミ手で、超感じがいいけど、部下には高圧的。新入社員には、『口が裂けても、〝でも〟とか〝だって〟と反論してはダメだよ』って教えたんだ」

ダメ上司のもとで働くOLの悩みは深い。

翌日は一流企業のシステム会社で働くH子からも電話がきた。まるで、「悩み相談室」みたいな私。

「ユカ、この間、『亀《カメ》部長』というコラムを書いていたでしょ? ウチの部長のことかと焦《あせ》ったよ。ウチの部長もすごく暇で、メールを見たり、ボーッとしているの。でも社長から電話がかかってくると、亀みたいにパクッと電話にしがみついて、『ハイ、ハイッ!!』って動作が早いから、みんなが、『亀、亀』って呼んでるの」

「どこの会社だって、そんな部長はいるよ」

「しかも、すごい二重人格で、ジキルとハイドなの！」

普段は穏やかな部長で、『誰々さん』と部下を呼ぶ時も聞こえない程の小声だが、ある時、突然、スイッチが入ってキレるという。

「例えば、自分が頼んでいたと思っていた書類ができていないとわかると、『ふざけるんじゃねえ!! 何故できてねんだよ!!』と、ヤクザみたいに怒鳴るの。この間も私に書類を頼んでいたと思い込んでいて、『私は頼まれていません』って言ったら、『テメエ、誰に向かって、そんな口を利《き》いてるんだ!!』と暴言がすごいわけ。少しでも反論すると、高圧的にありとあらゆる方向から責め立てるの。しかも、その部長は、昔、営業で不正をして飛ばされたことがあって、ずっとラインから外されていたの。でも当時のことを知っている役員や部長達がみんな定年退職になって、お目付け役がいなくなったら、また出世コースに戻ってきたわけ。一応、学歴がいいからね」

「じゃあ、当時の不正のことは、みんな知らないの？」

「男社会は沈黙が美徳とやらで、そういう細かいことをいちいち後任に伝えるのは、『度量の狭い人間』と思われるのでイヤだから誰も口にしないわけ。だから若い部長達はその不正を知らないんだって。私の友人がテレビ局に勤めているけど、小さな金額の不正は見て見ぬふりだってさ。あれで私達より給料がいいんだから最低だよね」

「とにかくその部長、許せん！　こうなったら、ボイスレコーダーに会話を録音して、人事部に提出したらいいじゃない！」

「でもそのイヤな部長が、人事権を持ってるんだよ」

そんなある日、H子から、また電話がかかってきた。

「私、もうダメかも。先週から会社を休んでるの。『バカヤロウ!!　この役立たずが!!』と怒鳴られて……」

「えーっ、H子の周りは誰も助けてくれないの？」

「課長もメンバーも部長が怖いから、みんな見て見ぬふり。とにかくつらくて」

今までは怒鳴られても罵倒されても元気に乗り切る力があったが、ついに気力も体力も尽きた。朝、会社に行こうとすると体が震え、涙が止まらなくなる。

「私の会社はシステム会社だから中途採用が多くて、辞める人も多かったんだ。五十代のオジサンが、突然、会社にこなくなり、課長から、『彼、鬱病《うつびょう》なんだ』と教えられるわけ。結局、その人は会社を辞めるというので自分の荷物を取りにくるんだけど、寂しそうに退社する姿を見て、『送別会もなく、何であんな形で会社を辞めるんだろう？』と、ずっと思っていたけど、今、私がその立場になったの」

涙で言葉が続かない。

「H子、だっ、大丈夫？　病院に行った方がいいよ」

H子を説得して、有名なT大学病院の神経科に行かせると、翌日、電話がきた。

「病院、どうだった？」

「適応障害だって。眠れるようにって薬を貰《もら》った。私が雅子さまと一緒の病気なんてすごいでしょ？」

ぼそぼそと寂しそうに話すH子の声が余計につらい。

「でも大学病院を二時に予約していたのに三時間も待たされたの。おまけに廊下から診察室が見えるんだけど、ずーっと医者が楽しそうに私用電話しているわけ。ノンキな医者の姿を見て、『誰も私のことを助けてくれないんだな』と悲しくて……」

「何それ！　病院までそんなのってひどすぎるよ！」

「おまけに同期が教えてくれたけど、会社が私を辞めさせようとしているんだって。

三十八歳と年齢が年齢だし、会社に文句ばかり言っているから扱いにくいと思われているみたい」

「そんなひどい会社、辞めればいいじゃん！」

と言いたいが、無責任に言えない。定収入を得るにはガマンするしかないのだ。

H子との電話をきると、メーカーに勤務しているA子からメールがきた。

「ユカ、元気？　H子の話を聞いてビックリした！　私の上司にそっくりだから。私の上司はヤクザみたいで、債務者へ借金返済の催促をするヤミ金融のように横暴な人。日頃は優しいけど、役員会議前で数字が悪いとすぐキレて、部下を怒鳴りまくり、血相を変えて、私を会議室に閉じ込め、机を叩《たた》きながら罵声《ばせい》を浴びせるの。小指の先くらいの粗《あら》を探して、あらゆる角度から私を責め、私が黙りこむと、『黙ってたんじゃわかんねえよ！』と怒鳴り、攻撃するわけ。しかも、私を罵倒し始めると白目になり、シンナーを吸ってラリってるような恐ろしい顔になるの。彼の上司にあたる役員は普段、職場にいないため、お目付け役不在で好き放題。社内の相談機関へ訴えたけど、『悩み過ぎだよ。悩まないでいいことを悩んだだけ』と言われました」

（あー、かわいそう！）

しかもサラリーマンは、日々、成果主義に脅される。鬱病にならない方がおかしい。

上司は部下を選べても部下は上司を選べない。勝ち組でない普通のサラリーマンはどうやって明るい気持ちで生きればいいのか？

「死ぬほど苦しいから病院に通っているのに病院で何時間も待たされ、医者は電話ばかりして、親身になって話を聞いてくれずにつらい」

と、H子は友人に相談したら、「ウチの近所に精神科のクリニックがあるから、そこに行ってみたら？」と勧められ、H子は病院を替えた。

先生に、会社に行けなくなった理由として、次のように話した。

①部長が怒鳴る

②その部長は、昔、仕入れ業者との癒着があって、ワイロを貰《もら》っており、会社の人達はその事実を知っているのに誰も不正を追及しようとしない

すると先生から、「事実関係を確認したいから、あなたの部長を病院に呼ぶように」と言われ、部長に電話をさせられた。

H子は言う。

「ジキルとハイドは病院に呼ばれて、先生から、『あなたが怒鳴るから、H子さんが会社に行けなくなったんですよ』とカチンとくるようなことを言われたようなんだよ

ね。復帰の相談で会社に行くと、ジキルとハイドから、『オレが怒鳴るとか、課長が怒鳴ったとか、よくも告げ口のようなことを言ってくれたな!』と逆ギレして責められたの。『私、課長のことまで話していません』と言ったら、もっと怒鳴られて……」

ビックリしたH子は、翌日、病院に電話すると、

「課長の名前なんて、あなたから聞いていません。部長が勝手に名前を出したんでしょうね。あの部長には問題があります」

と、言われた。

会社を休んでいるため、健保から傷病手当をもらわないと、一人暮らしのH子は生活ができない。健保に提出するため、診断書をもらうと、「病名・適応障害。会社を休む理由・怒鳴る上司のため」と書かれており、それを会社に提出した。

すると、翌週、鬱病で寝ているH子に、会社から配達証明郵便が届いた。

ジキルとハイドの手紙が同封されており、

「この内容では受理できません。なぜ、あなたはこのように上司を批判するようなことを言うのですか。いきさつを説明して下さい」

と書かれていた。

会社の同僚によると、診断書を見たジキルとハイドが、激怒したという。

「もう私、ダメ。どうしていいのか、わからない」

「人事部に相談したら？」

「ウチは人事部がなくて、人事権を持っているのはその上司なの」

「じゃあ、誰か他に相談できる人はいないの？」

「ウチはシステム会社で中途採用が多いからイエスマンばかり。ジキルとハイドに嫌われると出世できないからね。しかも、一年前、社員が首つり自殺を図ったんだよ」

「えーっ、自殺？」

「でも奥さんが気付いて助かったの。出社拒否、失踪《しっそう》者も多い。こんなにひどい会社だから労働基準監督署に相談しようと思うけど、会社とケンカすると、健保から手当が振り込まれなくなるし、どうしていいのか……」

「じゃあ、柔らかいトーンで診断書を書いてくれるよう、お医者様に頼んだら？」

H子が電話すると、先生はジキルとハイドの言動に怒っているから、

「医者として診断書を書き直すことはできません」

と、つっぱねられた。

日本全国、パワハラを受けているOLは多い。

泣き寝入りのOL達はどうしたらいいのだろうか？

チョンマゲ芸

現在、各企業の人事部が必死で、「セクハラ防止」の社員教育をしているが、日本の男性社員の意識改革をするのは至難の業らしい。

大手広告代理店で働くK子からまた電話があった。

「昨晩、ウチの部長とカラオケに行ったら最悪だったの！　この間、私を怒鳴ったドラネコ部長でなく、もう一人の部長となんだけど、その部長が色白でまるまる太っていて風俗好きなの」

「えーっ、また風俗好きな部長がいるの？」

私の友人らに言わせれば、広告代理店やテレビ局は女の子大好きの男性が多いという。それが遊び心のある「いい男」だと思っているというのだ。

社内では朝から、

「新大久保A店にいる爆乳S子のプレイがすごいよ」

とか、

「あそこのデリヘルはFカップの巨乳がいてサービスが濃密なんだよねー!!」

という会話が飛び交っているそうで、こういう下品な会話をするのが、「遊び心のあるいい男だと思われる」と勘違いしている。

OL達は「やれやれ」と思いながら聞き流すのだ。

「カラオケで何が最悪だったの？　デュエットとか、強制させられたんでしょ？」

「甘い！　カラオケストリップを見せられたの！」

「カラオケストリップ？」

「その白ブタ部長はカラオケで歌いながら脱いで全裸になるのが大好きなの。詳しい様子はメールするね」

しばらくするとK子からメールがきた。

「白ブタ部長は、『また逢う日まで』の前奏に乗せて裸になるのが大好きなのです。♪たったたーらら……バン！（上着を脱ぐ）、♪たったたーらら……バン！（ズボンを脱ぐ）、♪ちゃーらーらーらーら（ネクタイとシャツを脱ぐ）、♪またー、逢う日までー♪バン！（パンツと靴下を脱ぐ）と、粗末なものを開チンするの！　そしてその後も全裸のまま音楽に乗って店を走り回ったり、粗品を〝ぐるぐる〟まわしたりして嬉《うれ》しそうに歌を歌うのです（カラオケボックスでなく他のお客さんもいる普通のスナックでもやります）。そして白ブタ部長の上司である局長はそれを嬉しそうに眺《なが》めて酒を飲むわけ！　これが筋肉引き締まり、日に焼けたイケメン部長ならまだしも、全身たるみまくった色白のデブオヤジ。しかも恐ろしいことに彼は毛深く、腹毛まで生えていて、今思い出しても身の毛のよだつ、汚ならしい裸体なのです。彼はこの芸をこよなく自慢に思っているらしく、『やめて下さい！』と、どんなに頼んでも、そして、どんなにそれが醜悪で気色が悪いものであるかを話してもやめてくれません。そしてまた恐ろしいことに、局長は彼にこの芸を指示して、『やらせている』と思っているらしく、彼の醜態を眺めて己の『権力』を確認しつつ飲むのがお気に入り。女性達が、『キャー!!』とか『イヤーン』とか下手に反応するとつけあがって更に過激になるので、その場にいる私や派遣社員の女の子らは仕方なく、『能面状態』でひたすら目の前のお酒をあおることしかできないのです。ということで、ウチの局長と白ブタ部長のセットで飲むときは必ずこの芸がでてくるという拷問《ごうもん》の日々が続きました」

（ヒャーッ！　まだこんなセクハラがあるのっ!?）

メールの続きを読む。

「ある日。お得意先様の三十代の独身女性も含めた接待宴会のカラオケボックスで白ブタ部長はこの芸を『開チン』しました。お得意先様の美人女性は両手で目を覆《おお》っていたけど、久しぶりに恥ずかしがる女性を見て気をよくした彼は、何とボックスの椅《い》子《す》の上に立ち上がり、お得意先様の女性の頭部にその粗末なものを載せる『チョンマゲ芸』をやったのです！　普段の白ブタ部長の仕事ぶりはいたって真面目《まじめ》と思っていただけにショックは大きく、驚いた彼女は号泣。その場は凍りつき、気まずい空気のままお開きとなりました。でも彼は懲《こ》りずにその後もこの芸を披露し続け、私達はまちがっても『チョンマゲ』をされたりすることのないよう、自己防衛のため、ひたすら能面で飲むしかないのです。チャンチャン♪」

むやみにポジティブシンキングな部長

先日、「普段は優しいが、何かあるとキレて怒鳴る部長」のことを書いたら、友人から反響がすごかった。

「私も同じ被害にあっているの！　会社の人事部に相談したら、『深刻に考えすぎ。悩まなくていいことを悩んでいるだけ』と、一笑に付されました」

ＯＬ達はキレる上司に耐え、理不尽な成果主義に脅《おび》え、ブラブラしているダメ部長の姿を見ながら思う。

「何故《なぜ》、ウチの部長はあんなに働かないのに高い給料を貰《もら》っているのだろう？」

しかもダメ部長は会議では役員に怒られ、

「新しい方策を考えろ」

と言われたにもかかわらず、何をするわけでもなく、自席に戻ってパソコンを見るだけ。じーっと亀《カメ》のように固まっている。そのクセ、ゴルフや飲食店情報にはむやみに詳しい。一方、社内報のインタビューでは、「私は塩野七生《しおのななみ》さんの『ローマ人の物語』と、司馬遼太郎《しばりょうたろう》さんの『坂の上の雲』を愛読しています」

などと、ぬかす。

本好きのOL達は社内報を読みながら、

「あんなに語彙《ごい》が少ないのに本当に読んでいるの？」

と、不審の眼差《まなざ》し。

「役員から会議で怒られ、プレッシャーをかけられているのに、何故、鬱病《うつびょう》にもならず、むやみに元気でポジティブシンキングでいられるのだろう？」

ダメ部長らの働きぶりに、真面目で優秀なOL達の方がハラハラさせられて、鬱病や成人性アトピー、メニエール病になってしまう。

一流商社で働くK子からも電話がかかってきた。

「ユカがウチの部長のことを『お使いワンちゃん』って書いてくれたから、その『週刊新潮』を席に置いておいたら、『へえー、他社にはこんな部長がいるのか』だって。『この犬《イヌ》部長ってあなたのことですよ』と言いかけたけどメデタイよね。何故あんなにノホホンとしていられるのか、不思議！」

「亀《カメ》部長」や「男オバチャン」も、自分が「ダメ部長」と思っていないという。

部長達のノンキな様子に、優秀なOLはブチ切れる。

通信システム業界の一流企業に勤める美人OLのS子からもメールがきた。

「私の部長、とにかくひどいの！　超一流大卒だけど、顔つきは爬虫類《はちゆうるい》。頭の形が親指みたいでヌボーっとしていて、『親指小僧』と呼ばれています。おまけにカツラやら植毛やら、いろいろ試している人で、それも嫌われる原因。ヘタに隠そうという根性が腐っている。髪の毛にこだわる必要なんてないのにね。仕事はもちろんダメで、よくもまあ海外駐在ができたなって感じ。一番の問題は上に弱くて下に強いこと。自分より上の部長からは、毎日、ビシビシ厳しくやられ、イジイジしていて表情もミミっちくて、いじけた感じ。後ろ姿もショボくれているけれど、部下にはすごく偉そうな態度。しかも会議で、自分がほんのわずかに知っている陳腐化した情報をもとに、『だから売上が悪いんだ』とか、エラソーに怒鳴ったりするんだよ」

「上に弱く、下に強い」というのはサラリーマン男の基本形だからOL達は慣れっこだが、「つまらない質問をする部長」は嫌われる代表格。今や学校でも入社試験でも成績の上位を占める女性達は男達のつまらない質問にガマンがならない。

「その部長と一緒に仕事をしていた女性は、『低レベルでやってられない！』と、部長と仕事をするのが嫌で会社をやめました（笑）。しかもウチはシステム会社なのにOAオンチ。さすがに本社でポジションがなくなり、子会社に出向したけど、本社出身というだけで取締役に昇進しました。あっ、そういえば、先日、お得意様の接待があって、一緒に料亭に行ったら、仲居さんのお尻《しり》をさわって、『やめてください』と言われていました。今どき料亭でセクハラするなんて化石です。死ぬほど恥ずかしかった。おまけにまだ女にモテたいと思っているらしく常にキョロキョロ。社員には相手にされないから、アルバイトさんに愛想を振りまいてます」

覇気がない男

先日、蓮舫さんと某省の美人キャリアにお会いしたら、

「やる気のない男性ばかりで本当にイヤになる。何故あんなに、男性達に覇気がないのか、本当に不思議！」

と、ぼやいていた。

彼女は何百人も部下を持つ超エリートさん。

「覇気がない」「元気がない」と言われるオッサン側からは、

「派閥にも入らず、女はチヤホヤされて、楽だよなあ」

というやっかみが聞こえてくるが、女性達の勢いはとどまるところを知らない。

先日、テレビ局で新卒者の入社試験を担当するイケメン男性にお会いした。

「テレビ局は人気がすごいですから、どんな新入社員をとればいいのか、大変なんじゃないですか？」

です。入社試験の成績だと、上位何十人かが女性だけになってしまうんですよ」

「会社側からの要求は一つだけ。『とにかく男性社員をとるように』ということだけ

「あっ、そういえば防衛大学校でも成績の上位は女性ばかりだそうですよ。体力的な問題があるから一位は男性ですが、二位は女性だとか。出版社でも上位は女性らしいですよ」

「ウチもそうなんです。面接すると、女性は元気があって自分の言葉を持っているし、かわいくて明るいから、入社して欲しい人ばかり。男性をとりたくても成績は悪いし、やっと面接までいっても覇気がない。いい男性を見つけるのは大変な苦労なんですよ。しかも入社しても、『自分の思っていた仕事と違った』『好きな部署に配属されなかった』と、二、三年で辞めてしまうんですからたまりません」

こっ、こんなことで日本の将来は大丈夫だろうか？　日本の男性はそんなに覇気がないのだろうか？

先週、出版社で働く美人編集者達とランチをしたら、某雑誌のデスクであるM美さんがつぶやいた。

「サイトウさんが、毎年、人事考課で鬱病になるってコラムで書いていたでしょ？何と、ウチの編集長が鬱病になったの！」

「えーっ！　編集長でも鬱病になったりするの？　だって、雑誌の顔でしょ？」

「それが、役員会議で会社側から、売上が悪いとか、他の雑誌と比べて数字が悪いって怒られたらしいんだよ。最近、広告収入が減ってきたのも原因らしいんだ」

「それでどうしたの？　会社で体調が悪そうなの？」

「『リフレッシュ休暇を取らせて下さい』って、三週間も休んでいるの」

すると各社の女性編集者達がみんな身を乗り出した。

「ウチも全く同じ！　部長が、『長期休暇を取らせて下さい』って言い出して、この間から休んでいるよ」

「ウチの編集部の男性も、鬱病を理由に、全く会社にこなくなって困ってるの」

と、大ブーイング。

ピンクのラメのネイルが美しいW子もブチ切れ。

「ウチにもいっぱいいるよ。私達が死ぬほど大変なのに、部長のクセして会社を休むなんて甘いよ。校了と撮影が重なってるのに、『何を考えているんだ！』って言いたい。私達よりいい給料を貰《もら》っているクセに！」

彼女は超やり手の編集者なのだが契約社員なのだ。

副編集長のC子も怒る。

「そもそも、本当に仕事ができる男性って、一体どこにいるんだろう?」

「私、一度も会ったことないよ」

「私も見たことがない」

美しいW子が髪をかきあげながら、ため息をつく。

「そもそも男性って四タイプに分類できると思わない? 仕事ができてやる気のある人と、仕事はできるけどやる気のない人。できなくてやる気のある人、できなくてやる気もない人。一番迷惑なのが、仕事ができないクセにやる気のある人なんだよね」

「あっ、ウチも圧倒的に、『できなくてやる気のある人』が多い。そういうのが部長になると、資料づくりが増えて大変なんだよね」

「そうなの! 頼むから社内をかき回さないでほしい。そもそも鬱病になるような男なら会社にこなくていい! 仕事ができなくてやる気がない男の方が、百倍マシだと思わない?」

一同大爆笑!

英語しかできないアホ上司

日本全国、英語は話せるが、仕事がデキないアホ上司が蔓延中《まんえんちゅう》だという。

男達は、「語学力がある=仕事がデキる」と思い込んでいるようで、タチが悪い。優秀な帰国子女や、海外でMBAを取得した女性達は、そんなアホ上司に見切りをつけ、サッサと海外にある企業に転職している。

スタンフォード大でMBAを取得し、日本企業に勤めたR子も、現在、アメリカのファッションメーカーに勤務している。

R子から電話があった。

「ユカ、元気? 来週、日本に帰国するから会わない? 今度はANAのファーストクラスなんだ。エヘヘ」

「わあ、羨《うらや》しい!」

「食事も美味《おい》しいし、『お帰りハイヤー』サービスがいいんだよね」

「何それ!?」

「成田空港からホテルまで送ってくれるんだよ」

「ヒョエーッ!!」

十年前のR子は、帰国する時、アメリカの航空会社を使っていたが、現在はANAやJALのビジネスクラスが当たり前になった。

翌週、R子はランチタイムに遊びにきてくれた。

「前回、ホテルはウェスティンだったけど、昇格したから、今回はパークハイアットなんだ」

「えーっ！　すごいじゃん」

「この間、日本とサンパウロを往復したけど、JALのファーストクラスも豪華ですばらしかったよ」

「エコノミーとどう違うの」

「飛行機に乗ると、『お寛《くつろ》ぎになるカーディガンか、パジャマはいかがですか』って持ってきてくれるの」

「へえー!!　じゃあ、雅子様もオランダに行った時、パジャマを着たのかなあ?」

「知らないよ、そんなこと（笑）。トイレは本物のバラが飾ってあるし、化粧品は資生堂のクレ・ド・ポー・ボーテなんだ。料理とドリンクのメニュー、見る?」

洋食はマキシム、和食は吉兆のようである。

まず洋食はメーン州産ロブスター冷製蟹《かに》肉添え、ポタージュ・サンジェルマン。メインは①牛フィレステーキのグリル②地鶏《じどり》のグリル③スズキの蒸煮から選べる。

和食は、菜の花のお浸し、サザエの壺《つぼ》焼き、ロブスター山葵《わさび》和えライム釜《かま》盛り、合鴨《あいがも》とチャイブの串《くし》打ち、いかなご釘《くぎ》煮と空豆の籠《かご》盛り、蛤《はまぐり》のお椀《わん》、平目の薄造り、蟹と胡瓜《きゅうり》の酢の物、春野菜の炊《た》き合わせ、伊勢海老《えび》の白味噌《しろみそ》仕立て、炊きたての御飯、味噌汁、香の物、水菓子、和菓子。シャンパンや、赤ワイン、白ワイン、大吟醸、本格焼酎《しょうちゅう》、ウイスキー、カクテル、梅酒が飲み放題。コーヒーはエスプレッソか、カプチーノが選べるし、紅茶はダージリン、オレンジペコ、セイロン、アールグレイまである。

「何これ!? 喫茶店よりも、種類があるよ」

「そうなの。好きな時に頼めるメニューもあるんだ」

これが、お茶漬け(鮭《さけ》・梅・わさび)、ベジタブルカレー、うなぎ時雨《しぐれ》ごはん、中華風海鮮丼、きつねうどん、ラーメンと、超豪華!

「しかもね、夕食を食べ終わると、かわいいCAの人が、『お布団《ふとん》、おかけしますね』

って、真っ白な羽根布団を、ふわーっとかけてくれるの♡」

「お姫様状態じゃん！」

「しかも、フルリクライニングで、一八〇度倒れるから、すごいラクチン！」

「わあー、私も出世したい。今までヘタに出世して鬱病になったら大変だと心配していたけど、そんなにいい思いができるなら、出世しなきゃ損かも。R子も日本支社長になったら？」

「いやだよ。ウチの日本支社長、判断力がなくてケツの穴が小さいんだもん」

「『英語だけができるダメ上司』ってタイプ？」

「まさに!!　やたら仕事上、『OK！』とか、『ウップス！』とか言うの（笑）。昨日、ウチのブランドのファッションショーがあったけど、日本支社長が一番気にしていたのが、ショーの構成より、モデルの乳首が見えるかだけなんだから」

「乳首？」

「NHK紅白での裸ボディースーツ騒動があったから、昨日も、『ドレスがシースルーでモデルの乳首が見える』って大騒ぎ。『つまらない男！』ってアメリカのボス達とバカにしてたんだ（笑）」

女の敵は女？

社長令嬢

天然ボケ学園で一緒だったM子から、「ユカ、元気？　お台場にある、ユカの会社を見たいからランチに行くね」と電話があった。超一流企業の社長令嬢のM子は、小さい頃からチヤホヤされて育った娘。

私が初めてM子に出会った時は中学一年生だった。当時、宝塚歌劇団の「ベルばら」が流行《はや》っていて、鳳蘭《おおとりらん》のファンの私達は見に行きたいが、チケットが手に入らなくて困っていた。ある朝、成城学園前駅からの通学途中、M子が言った。

「ウチに来てる高島屋の外商にも頼んだけど、『チケットが手に入らない』って言われたから困ったよねえ」

「がいしようって何？」

「ユカ、外商って知らないの？　車でも宝石でも何でも持ってきてくれるんだよ」

と、ぬかした。

またある時は、中元、歳暮の話題になった。お父様が社長なので、日本全国の高級食材が届き、一部屋は、頂き物置き場になっているという。

「毎年、秋になると松茸《まつたけ》が届くから、学校から帰ると、松茸の香りがするの。毎晩、松茸ご飯や松茸のソテーばかりで、幼稚園の頃、『キノコばかりで嫌だ！』って泣いたこともあるの。ミカンやリンゴが入った箱が天井まで積み上げられているし、生きた車海老《えび》が届くから、ママもお手伝いさんも怖がって大変なんだ」

と言われ、社長令嬢の生活に仰天したことがある。

数年前、テレビを見ていたら、長嶋一茂さんが、

「さくらんぼって、桐《きり》の箱に入っているものだと、ずーっと思っていましたよ」

と言うのを聞いて、「わあー、M子と同じだ！」と、思ったことがあった。

現在、M子は世田谷の高級住宅街に住んでいて、二人の娘がいる。

「ユカ、会社生活、大変じゃない？」

貧乏人に優しいのが社長令嬢の特徴である。

「毎日、大変だよ。しかも、またウチの部署に新人が入ってきたの。二十二歳だよ」

「じゃあ、私達の娘の年齢じゃない！　お局様もいいところだね」

「グサッ！」とくる言葉を、平気で口にできるのもお嬢様の特徴だ。

「しかも一橋大卒なの」

「それは大変だねえ。ウチの天然ボケ学園卒とは偏差値が天と地だからね」

「そういえばM子もOL生活、やっていたよね？」

「パパのコネで入社したから、私が入ったら、社長や役員が挨拶《あいさつ》にきて大変だったんだ。『いつもお父様にお世話になり有難うございます。よろしくお伝え下さいね』とか、『M子ちゃんの幼稚園の頃を知っているよ。大きくなったね』と言われて。お客様が来社されて、応接室でお茶出しをすると、ウチの部長が、『M子さんはお茶を出していますが、ボク達より偉いんですよ』とか言うから、同期の女の子達が口をきいてくれなくなったんだよ」

「そりゃそうだよ（笑）」

「入社した年、八月の月曜に会社に行ったら、『あれ、M子ちゃん、今日、伊豆じゃないの？』と言われ、『伊豆って何ですか？』と聞いたら、『M子ちゃんの同期の女の子達、今日から、みんなで伊豆に二泊って聞いていたけど行かないの？』だって。同じフロアに、十人の同期がいたけど、私だけ誘われていなかったの」

「えーっ。ひどい。それってイジメじゃん！　つらかったでしょう？」

「全然！　小さい頃からイジメには慣れていたからね」

M子が微笑《ほほえ》むと、美しいブラウスの胸元で、大きなダイヤがついたネックレスがキラキラと揺れた。

「M子、そのネックレス、きれい！ まさか本物だったりして」

「あっ、これ？ ママの指輪だったんだけど、ダイヤが大きすぎて使いにくいというので、ウチに出入りする宝石屋さんで作ってもらったの」

「宝石屋さん⁉」

「スーツケースに入れて、ダイヤとか、ルビーとか、持ってくる人いるじゃん」

セレブのM子は世間と自分のズレを全く感じることなく、外車を運転し、元気に帰っていった。

あな恐ろしや、美人ＯＬ

毎朝、会社に行くために、六時に起きる。

（あー、今日も会社だ。めんどくさいなあ……）

家を出ると太陽がギラギラ。七月に連日、雨だったのがウソのような猛暑。渋谷駅に着くとすでにヘトヘト。サラリーマンはつらい。

ウチの会社の三軒隣のビルはフジテレビ。ホリエモンに買収されそうになったり、視聴率三冠王をとったりと、にぎやかだ。ライブドアに四四〇億円も払ったが、楽しそうな社風はさすがである。

そのフジが今年も「冒険王」のイベントをやっているから、お台場はグチャグチャ。ひと夏で四七〇万人もの来場者を誇るイベントのせいで、どの店も大混雑。日頃、私は昼食にデックスという飲食店ビルで担々麺《たんたんめん》を食べるが、昨年はフジのイベントのために何度も昼食を食べそこなった。

そんなわけで、毎朝、家の近くのセブン－イレブンで、おにぎりとサラダを買って電車に乗る。今朝はいつにも増して大混雑。

（キャーッ！　おにぎりが、つぶれちゃう）

後ろから中年サラリーマンにギューーッと押されると、私の目の前にいる美人ＯＬがキッと振り向いた。

その険しい顔に、

（あっ、この女性もだな）

と、背筋が寒くなる。

私が入社した頃は、「満員電車の混雑は仕方のないもの」というのが世間の常識だったが、昨今のＯＬ達はギューーッと押されると、必ず後ろを振り返って鬼の様な眼で睨《にら》む。チカンと勘違いされているわけではなく、女性の私が押しているとわかっているのに、混雑しているのはアンタのせいだと云《い》わんばかりに不愉快そう。そのイライラが伝わる。ちょっとでも肩が触れたりすると、「チッ！」と舌ウチをされ、美人ＯＬの腕に触れようものなら、埃《ほこり》を払うかのような素ぶりをされたこともある。

座席に座っているオッサン達はガーガー鼾《いびき》をかいて、寝ているだけだから、美人ＯＬの怖さを知らない。

近年、OL達は明らかに変わってきた。私達の母親世代は、「仕事というのは結婚までの数年間のもの」だったが、今の女性達はもっと長い年月を会社で過ごす。会社では厳しく成果主義を求められ、毎日、つらい。愛想のいいカワイ子ちゃんでいれば済んだ時代は終わり、男にならないと生きていけないのだ。イライラして怖くもなるというもの。

しかも美人の三十代、四十代が一番恐ろしい。二十代でチヤホヤされた女性達はそのまま我を通す。

昨日は、女性誌で働くT子とランチをした。

「ねえ、美人の三十代とか、四十代って怖くない?」

「ウチの編集会議、すごく怖いよー!! 四十代の編集長と副編集長の仲が悪くて、しかも二人とも美人。編集方針なんて、A案、B案、C案があってもどれが正しいとか、間違っているとかないじゃない? イタリア特集とか、香港特集とか、どれもやることは同じなのに、必ずモメるの。会議というよりも女と女のプライドの戦い。売上の数字が悪いと、『編集長のやり方が強引だったからじゃないですか⁉』とか、カミソリで喉元《のどもと》を掻《か》っ切る勢いで罵《ののし》るんだよ。すごいでしょ」

「それって目に浮かぶ!」

「女性カメラマンも怖いよ。『そのライティングじゃないほうがいいんじゃない？』と言うとヘソを曲げるし、フリーライターの原稿を直すと、『ここまで直す必要があるんですか!!』と、すぐブチキレる。みんなお互いを責め、好き勝手に意見を言うからヘトヘト。三十代、四十代の美人でワガママな女性編集者を牛耳れる人なんていないよ」

テレビ局で働くR子も、

「女性ばかりの会議はくだらない言い争いで神経をスリ減らし、本当に疲れます。まだダメ男がいてくれた方が雰囲気がいいです」

と、言っていた。

全国の企業にダメ部長やミジンコ部長がいっぱいいるが、円滑剤として少しは役立っているのかも。

課長は不倫女

先日、コラムで、「美人の三十代、四十代が一番恐ろしい」と書いたら、テレビ局のおエライさんからメールを頂戴《ちょうだい》した。

「ウチの美人社員もすごく怖いですよ！」

某航空会社に勤める美人のE子からも電話があった。

「ウチの先輩女性達もすごく怖いよー!! 部長から仕事を頼まれると、『私、今、忙しいですから、こんな仕事はできません！』とか、平気で断るんだよね」

「エーッ！　そんなこと、上司に言っちゃうの？」

「ユカだって、いつも言っているでしょ？」

「言うわけないじゃん！　一月の人事考課のために、言われたことは全部ペコペコやっているよ。その女性って大物だね」

「先輩の女性達は人気企業ランキングで上位になった年に入ってきた人ばかり。頭が良くて、スタイル抜群で美人だけど、怖いの（笑）。気があう人とグループを組んで、そんな彼女らに嫌われたり、無視されたりしたら、もう大変！」

「まさか、社長に怒られるより怖かったりして」

「当たり前じゃん！　会社で生き延びるポイントは女性同士のコミュニケーション。部長や課長はニコニコしていれば操れるけど女性社員は怖いよ。嫌われたりしたら、二度とリカバリーできないからね。ウチの部長なんて、バレンタインにチョコを渡したり、『今日のネクタイ、いいですね』で済むんだから、男の方が単純で簡単だよ」

さすがＯＬ達は何でもよく知っている。会社には女性同士の強力な社内ネットワークがあるのだ。

男女雇用機会均等法の施行から二十年が経《た》ち、この数年、各業界で女性の管理職が増えてきた。

果たして、優秀な女性管理職は本当に会社の役に立ち、売上につながり、女性達のモチベーションをアップさせているのだろうか？　各社の女性達の職場環境はよくなったのだろうか？

某一流商社に勤めるＳ子から電話があった。

「ユカ、元気？　私の上司が女性になって最悪なの！　以前、『日経ビジネス』で、

『女性を活用しない会社は潰れる』という特集があって、会社も人事部も大騒ぎ。『ウチも女性管理職を作らないと!』と、急遽《きゅうきょ》、二歳年上だった先輩女性が、私の課長になったの!」

「その記事、私も読んだよ」

特集「女性活用待ったなし・均等法20年の懺悔《ざんげ》と覚悟」というもの。

「女性の力を引き出せ――。トップの命を受けた現場の悩みは深い。見習ってほしいモデルが社内にいない」

という男社会の本音が掲載されていた。

「S子は何が最悪なの?」

「今度、新しくきた上司は『不倫女』なんだよ。私が入社した頃、部長とつきあっていて、ウチの部署の女の子が全員で人事部に言いつけたの。それでその部長が地方の支店に飛ばされたんだけど、新しくきた部長と、また寝たわけ。サイテーでしょ? それだけなら昔のことだし気にしないけど、何と、彼女が私の上司になったわけ!!」

「えーっ!! じゃあ、人事考課もその人にされるの?」

「そうなんだよ。あんなに下半身のだらしない人がよくもまあ、『S子ちゃんの今年度の課題はね』とか、シャーシャーと言えると思って。心臓に毛が生えているとしか思えない。この間なんて、朝、電車が遅れて十五分遅刻しただけで、すごくイヤそうな顔をするの」

「それってわかる!」

「彼女は女課長として抜擢《ばってき》されたもんだから、毎日、部長に提出する資料を必死で作っていて、夜になっても残っているから周りは帰りにくい。残業時間にもうるさくて残業をつけにくいの。管理能力を部長に問われるからね。しかも給湯室でおしゃべりしていると、チラッと私達を見るし、本当に窮屈でイヤ!! 能力がないのにタナボタで出世する男性社員と違って、日本の男社会の中で出世できる女性なんて、よほど仕事ができて優秀か、美人か、上司と不倫していて人事考課がいい人かのどれかだよ」

そっ、そんなバカな。

さて、不倫については、女性の友人からいっぱいメールがきた。

「ウチの会社にも不倫課長が沢山います。美人で優秀だと、二十代の時、周りが放っておかないんだよ」

しかも友人らによると、人事部の不倫が多いらしい。

某テレビ局のW嬢からも、

「ウチの人事部の女性達は美人でアタマのいい人ばかり。女子アナよりモテモテで人気が高い。『ディレクターとつきあっている』という噂《うわさ》もあります」

とメールがきて、

「ヒャーッ！　それは艶《つや》っぽい毎日だろうなあ♡」

と、鼻血が出そうに。

各企業で人事部に配属されるのは会社の顔として選ばれた人ばかり。頭のいい男と、かわいい女が一緒に働けば何かが起こるらしい。

某一流メーカー勤務のN子からも電話があった。

「私が入社した時、人事部にいたTさんが同じ部の課長と不倫していたよ。その課長は背が高くてハンサムだからすごく噂になったの。その後、Tさんは課長と別れ、社外の人と結婚して、初の女性管理職として課長に出世。今は子供がいるよ」

「エッ？　子供もいるの⁉」

「すごいでしょ？　みんな厚顔だとビックリしているよ。しかもその時の課長が今や役員だから、みんなで、『あの二人は鉄板《てっぱん》の関係だね』って言ってるんだ」

「何、鉄板って？」

「どんなことが起ころうと、ひび割れない関係。二人の関係は終わってるけど、人事部に配属される人って人間的にきちんとした人が多いから、愛憎のもつれとか別れ話でごたつかないの。でもTさんの部下である、二十代のYちゃんは潔癖症だからすごく嫌がってるんだ。女性は同性の上司に対して仕事の能力だけでなく、人間性を求めるからね」

「何故《なぜ》二十代のYちゃんが、そんな昔のことを知ってるの？」N子が話したの？」

「違うよ。Tさんが自分から話したんだって。『美味《おい》しいものを食べに行こう』と部下の女性達を誘ってご飯を食べに行ったらしいの。そこで無礼講で何でも話そうという雰囲気になり、一人の後輩女性が不倫で悩んでいると話をしたら、『実は私も昔ね……』と話し始めたらしいの。彼女の中では終わった話で完結しているけど、若い女性には刺激が強い。あっという間に社内の噂になったんだって」

女性というのは、内緒と言いながら必ず人に話す。だから遊び慣れた男性や、ビートたけしさんは、「尻《しり》は軽く、口は重い女がいい」というのだ。

先日、超一流外資系企業に勤めるR子が結婚を決めたのでお祝いの電話をしたら、女性上司にブチ切れていた！

「女性の管理職って、本当に最低！」

「どうしたの？」

「春に私の披露宴が決まったんだけど、上司に出席を打診したら断られたんだ」

「何か予定があったの？」

「全然！　ウチの会社は外資系だから、みんな自分のことしか考えていないの。仕事の後に一緒に飲みに行くなんてこともないし、歓送迎会もなく、土日のゴルフづきあいもなくて、プライベートな時間を大切にする社風なんだ。でもずっとお世話になっている上司だから招待しようと披露宴の出席の打診をしたら、『日曜は自分の時間なのでごめんね』って言われたの。ひどいでしょ？」

「何それ！　外人？」

「うん。日本人の独身女」

「えーっ！　よくもまあ、部下の結婚式を断るね」

「でしょ？　昔、ウチの役員と不倫をしていた美人で、成果主義が大好き。今のキャリアは独力で築きあげてきた自負があって、部長にも凄《すご》い勢いで自分の成果を報告するし、部下にもノルマを与える。きつい女性だとは思っていたけど、『日曜は自分の時間』と言われた瞬間、涙が出てきた。尊敬できない女上司の下で、これからもずっと働くのかな？　まだダメな男の部長の方がいいよう！」

ワンちゃんのおせち

その昔、十二月になると、会社の美人ＯＬ達は、

「ねえ、彼とクリスマスにどこのホテルに泊まるの？」

とか、

「イブに青山のレストランを予約しちゃった♡」

という会話を交わしたが、そんな会話をする女性は誰もいなくなった。今や、恋人よりペットとのクリスマスの方が大事なのだ。

とにかくペットブームはとどまるところを知らない。「飼う」という言葉が白々しい程に大事にされていて、ＯＬ達とランチに行くと、

「ウチの母は私より犬の食生活の方が大切なんだよ。ドッグフードに着色料や保存料が入っていないかとか、たんぱく質やビタミン、ミネラルの栄養項目まで確認するんだから！」

とか、

「ウチの子なんて、この間、香りで犬の体や心を癒《いや》すアロマセラピーに連れて行ったんだ。犬用の足裏ケアまであって、途中で寝ちゃってチョーかわいかったよ」

と、ペットの話題ばかり。

どんな超一流企業の社長や役員でも家に帰るとただのオッサン。犬より位《くらい》が下だそうで、妻は夫より、犬の方が百倍大事なのだ。

近年のペットブームで飼い始めた犬達は高齢になっているから、妻達は、老犬の肥満解消や生活習慣改善に必死だ。少しでも長生きさせようと、犬専用のフィットネスクラブのプールに通わせたり、ペット保険に加入して、夫よりペットの命重視。子供と犬が一番大事で、次に自分がくる。夫の存在なんてカヤの外である。

今朝、通勤途中、昼食用のおにぎりを買うためにセブン-イレブンに立ち寄った時、レジにチーズケーキや、スイートポテトの美味しそうな写真が貼《は》ってあったので買おうとすると、

「あっ、これ、犬用です」

と、言われた。

「エーッ！　犬用!?　四種類で二千五百円もするんですか？」

「はい。犬用のおせちや、クッキーもあるんですよ」

と、チラシを渡された。

「ワンちゃんと一緒のお正月 NEW YEAR 〃わんダフルおせちセット〃 五千円。受付締切日 十二月十六日」と書いてある。

「へえー、犬用なのに五千円もするんですか⁉」

私が呆《あき》れて言うと、二十代の超イケメン店員が、

「高いですよね。人間だったらゆっくり食べるけど、ワンちゃんはバクバクって食べて十五秒で終わりですからね。でも実はボク、注文しちゃったんですよ。どんな顔をして食べるか、今からもう楽しみで楽しみで仕方ありません」

（あー、世も末だなあ）

暗澹《あんたん》たる気持ちで満員電車に乗るが、犬のチラシが気になって仕方ない。

大混雑の中、ハンドバッグからゴソゴソとチラシを取り出して読むと、

「『今年もよろしくね』ワンちゃんへの愛情にあふれた、素材に気を遣った愛犬用のおせちです。獣医師・ペット栄養管理士監修なので安心してお召し上がりいただけます。鮭《さけ》の南蛮漬け、紅白なます、ビーフステーキローズマリー風味、彩《いろど》り野菜の豚肉巻き、骨型つくね、ぶりの香り焼き、厚焼き玉子、まんまるきんとん、黒豆入り和風

チーズケーキ」

と書かれていた。

（へえー!! 犬にこんなメニュー？ 犬が南蛮漬けなんて食べるのだろうか？）

しかし、チラシには美味《おい》しそうなおせちの横でワンちゃんが嬉《うれ》しそうにしている写真が載っている。ペットがいたら、たまらんだろうなあ。私はすぐ影響されやすいので、すっかりペットを飼っている気分になる。

会社に到着すると、早速、同僚のＯＬ達に、「ねえねえ、これ見て！」と、チラシを見せた。

「わあー、かわいい！」

「私も注文しようかなあ」

と、大ウケ。

午後も黒烏龍茶《ウーロン》を飲み、お煎餅《せんべい》をボリボリ食べながらチラシを熟読。

（へえー、「全粒粉・オリゴ糖使用でワンちゃんにやさしいクッキー」ってのもいいなあ）

今年も何の仕事もせず、毎日ブラブラ。窓際《まどぎわ》のまま、年末となった。

そうだね男

先日、初詣《はつもうで》に行ったら、犬を連れた家族が多かった。

（ヒョエーッ！　ここでもペットがすごいことに！）

今や、犬は家族の一員で、初詣では犬や猫の分まで、お賽銭《さいせん》をあげるという。正月には犬専用の晴れ着や、年末から郷里に帰省してしまう飼い主に代わって、ペットを預かる獣医さんや、犬の散歩代行業者が大人気だという。

その昔、結婚するには、三高の男性がいいと言われた時代があったが、それも今や遠い話。結婚にもペットの影響がでてきた。

先日、三十五歳で結婚を決めた外資系商社のR子に、お祝いの電話をした。

「よくぞ結婚を決めたね」

「彼はすごく優しいの♡」

「優しい人なんて、いっぱいいるじゃん」

「ウチの会社は外資だから、みんな英語がペラペラで、自分のことしか考えていないの。成果主義が徹底しているから疲れちゃって。前につきあっていた彼は、私が仕事で失敗して相談すると、『やっぱり君の仕事の進め方が悪かったんだよ。もっときちんと方針を固めた方がいいんじゃない?』とか、『早目に上司に相談したら問題は起こらなかったんだよ』と、カチンとくるようなことを言うから、いつもケンカになったんだけど、今度、結婚する彼は、『そうだね男』なんだ」

「何? そうだね男って?」

「仕事の失敗とかをして、『私でなく部長の方が間違っていると思わない?』と聞くと、必ず、『そうだね。君の方が正しいよ』と言ってくれるの。だからすごくモチベーションが上がるんだ。何か話をすると、『そうだね、そうだね』って相槌《あいづち》を打ってくれる。ヘタに頭のいい男より一緒にいて楽なのが一番。私の周りでも結婚を決めた女性は、みんな『そうだね男』を見つけているの。『ペットのような男』と言ったら彼らに悪いけど、ペットのように癒されないと一緒にいる意味がないじゃん?」

そういえば、オジサマのアイドル、藤原紀香《のりか》さんが結婚を決めた時、オッサン達は、「よりにもよってお笑いタレントと結婚か」と絶句していたが、紀香さんが、「とても誠実な人で話していると心から癒されます」と語るのを聞いて、

（へえー！　紀香サマまでが癒しを求める時代なのか）

と、私も驚愕《きょうがく》した。

女性達はダメ上司に振り回され、ヘトヘトだから、とにかく癒しを求めている。

私の友人の独身女性達も、

「万が一、将来、結婚したいと思っているなら、マンションを買ったらおしまい。まして やペットなんて飼ったら、絶対、結婚しなくなるから、マンションとペットは買っちゃダメだよ」

と、口々に言っている。が、それでもみんなペットを飼い始めた。

女性誌の編集者のHさんは犬に夢中で、五年つきあっていた彼と別れた。

「ウチの子、チョーかわいいよ。私と同じネイルサロンに通っていて、二人でお揃《そろ》いで、ピンクにラメの爪《つめ》をしているの。最近、ペットと同居できる豪華マンションに引越したけど、犬が走りまわれる特別仕様のスペースがあるから、帰宅した後、楽しくて楽しくて♡」

独身女性はペットに夢中だが、妻達も負けていない。犬や猫は短い生涯だとわかっているので、「とにかく大事にしてあげよう」と、無農薬の手作りご飯で忙しい。

その昔、妻達は夫の浮気でイヤな思いをしたことがあるから、「家族で幸せになりたい」という全エネルギーを犬や猫にかけている。

「愛犬と一緒に極上の時間を過ごそう」と、ペットのことで頭がいっぱい。そんな中、夫が定年退職し、自宅に朝から晩までいる生活が始まると、妻は不機嫌になり、いらだちが増加して大変なことに。

先日、帰宅途中の電車の中で、くたびれたサラリーマン達が、

「家に帰ると妻も娘達も誰も迎えてくれないけど、犬が一番最初に迎えてくれて、ワンワン喜んでくれるから、かわいくてたまらんよ」

「あっ、オレも！」

「ウチもだよ！」

と、みんな同じ会話をしていた。

自転車六百キロ爆走

先日、ハワイのホノルルで開催された「自転車競技（センチュリーライド）」で、六十四キロ（四十マイル）を走破したが、宣伝部のロングヘアのKちゃんが声をかけてくれた。

「ユカさん、私も出場してたんですよ！　七十五マイル、走ってきました」

ヒョエー！　百二十キロとは恐るべし。たった六十四キロで自慢していた自分が情けない。トホホ。

仕事を終え、自宅に帰ると、サンフランシスコで働いている従姉《いとこ》のT子から、国際電話がかかってきた。T子はパッチリしたつぶらな瞳《ひとみ》がかわいい女性で、スタンフォード大のMBAを取得して英語力バッチリ。スポーツ万能で、フルマラソンやトライアスロンに何度も出場しているし、スパルタスロン（二百四十五・三キロ）にも凝《こ》っているから、今回のセンチュリーライドにピッタリだと誘ったのだ。しかし、ちょうど同じ時期に、「六百キロの自転車レースに出場するから」と断られていた。

「ユカちゃん、センチュリーライド、どうだった？」

「六十四キロも走れたよ」

「すごいじゃない！　私も六百キロ走ってきたよ」

「それ、すごすぎだよ！　どこのコースを走るの？」

「サンフランシスコの五十キロ南にパロアルトという町があるんだけど、そこを出発して、三日間かけてサンタバーバラまで走るの。初日は美しい海沿いの街まで二百キロを走り、二日目はサンルイオビスポという田舎町まで二百キロ。最終日は美しい街のサンタバーバラまで走ってゴール。途中の高速道路では百二十キロで飛ばしている車の脇《わき》を走るから、怖かったよ！」

トライアスロンチームのティムさんというカッコいいカリスマコーチ主催のレースで、参加者は四十人。二十代のイギリス人のプロライダーもいれば、六十一歳の男性もいる。T子以外は全員白人だという。

「三日間も走るとなると、着替えとか、どうするの？」

「トラックが着替えや洗面用具を運んでくれるので荷物の心配はないの。但《ただ》し、寒くなったり暑くなったりだから、ジャケットやお金、地図、栄養補給のエネルギーバーは持っていくけどね。二年前のツアーでは、友達のボブが五十キロ地点の休憩中に仲間に置いていかれ、しかも途中で地図を無くしたので勘だけで百五十キロも走る羽目になり、大変だったの。だから私はタニアという友達と一緒に走る約束をしたんだ」

「タニアって、女性？」

「うん。オハイオ育ちの陽気な三十六歳。すごく気が強いけど、アメリカでは弱い方なんだ」

「ランチはどうするの？　ハワイの自転車競技は休憩所が用意されてたけど」

「ランチは持参だよ。私は、おむすびだったけど、他の人は全員がピーナツバター&ジャムのサンドイッチ。しかもスーパーで休憩すると必ずポテトチップとペプシを買うの。アメリカって感じでしょう？」

休憩後はとにかく走る。途中、エネルギー食品や、エネルギーシロップをとったり、スポーツドリンクを飲んだりして、一日二百キロを走り、宿で休んでは、翌朝七時に再び出発する。

「三日目になると、さすがに疲れてきて自転車に乗るのが嫌になるんだよね」

「でもゴールした時は感動したでしょう？」

「それが『感動するかな？』って思っていたけど、とにかく疲れていて機嫌が悪くて、

『ジェーンの走りは安定していないから、後ろにいると落ち着かなかった』とか、『ガラスの破片が落ちていたのに、前を走っていたクリスはシグナルを出して教えてくれなかった』とか、タニアと二人で他のライダー達の文句をブーブー言ってたよ。それより、今度、日本に帰国するけど、お勧めの人間ドックを知らない？」

「どうしたの？」

「健康診断に行ったら、『コレステロール値が高い。もっと運動しなさい』と注意されたんだ。自転車で六百キロも走ったり、毎日スポーツクラブに行っているのに、これ以上どうやって運動したらいいかわからないよ」

フラにハマる女達

この数年、フラダンスが大人気。松雪泰子さん主演の映画「フラガール」の題材になるなど、若い女性達の関心も高い。今までフラダンスは、「ハワイアンセンターで踊るダンス」という認識だったが、昨年、ハワイのホノルルで開催された「フラ・ホオラウナ・アロハ」を見て意識が変わった。アラモアナ・ショッピング・センターで開催されたエキシビションは、「フラを学び、フラを楽しむ日本の人たちが、日頃の練習の成果を発表するためのイベント」。

本場のハワイにしかない甘い香りの生花レイをつけ、地元の人達のあたたかい声援を受けながら踊る。地元のハワイアン・ミュージシャンのライブもあり、フラで彩《いろど》られる一日だった。

驚いたのが、六十代、七十代グループのパワー。この年代の女性が舞台に立つことなんてまずないから、一生の思い出になるだろう。

みなさん踊り終わった後、

「わあー、私、間違えちゃった！　ごめーん！」

とか、

「終わったね！　みんな、よく頑張ったねー!!」

と、ハシャいだり、号泣したり。その様子に、

「へえー、フラってこんなに感動するのだろうか？」

と、ビックリ。

ハワイにくるのは金銭的にも日程的にも大変なこと。何とか工面し、この日の晴れ舞台のために、一生懸命練習したのだろう。

日本から初参加した七歳の男の子・タクミ君のフラにはハワイの観客からも大きな声援があった。

一番感動したのが、アラモアナ・ショッピング・センターに買い物にくる地元の人が見ていたこと。巨体のお爺《じい》さんがゴムぞうりを脱いで、ショッピング・センターの床にペタリと座って、からだを揺らしながら、フラを見ている様子だった。

おそらく、自分達が大切にしている踊りを、日本の人達がこんなにも理解して踊ってくれていると思っていたのだろう。いいイベントだなあと思った。

私はすぐ影響されやすい。

日本に帰って、学生時代の友人や、会社の同僚に、

「フラを見てきたんだ！」

と自慢すると、宣伝部の後輩の美人ＯＬが言った。

「ユカさん、実は私もフラを習っているんですよ！」

「エッ、本当？　いつから？」

「最近です。月二回ですから大したことありませんが。きっかけはウクレレをやっていて、弾く曲がハワイアンソングだったこと。その流れで興味をもったんです」

（こんなに身近にも踊っている人がいたんだ！）

テレビを見ていたら、フラの特集をやっていた。

現在、日本全国で、フラダンスに熱中する「フラマダム」という主婦が増えているそうで、そのみなさんが、「踊る時が一番幸せ！」と、語っていた。

何と、子供が泣き叫んでいてもレッスンに行くという。夕食を作る時も台所で腰を揺らし、ステップを踏む。バリバリ仕事をしていた人が結婚退職し、子育てに追われる中、「燃焼しきれない自分が、ここまでやっているという満足感を得られるの」と楽しそうなこと！

世の中、そんなにすごい「フラブーム」になってしまっているのだろうか？

昨年、このフラのイベントに出場するスチュワーデスさん達に「マカ」をプレゼントしたが、みなさん、元気だろうか？　あれ以来、スチュワーデスのアヤちゃんの携帯メールアドレスを知っているのだ。エヘヘ。

「アヤちゃん、元気ですか？　今年も出場するの？」

「こんにちは。大変ご無沙汰《ぶさた》しております。今年も、出場させて頂きます」

（わあー、アヤちゃんが出場するとは大変！）

フラのことをもっと聞きたいと、「ホテル日航東京」でランチをすることにした。

十二時に待ち合わせ場所へ行くと、オッサン達が鼻血モンの美しいレディーが座っていた。白のパンツに黒のシフォンのブラウス姿。二十九歳のアヤちゃんはスラリとした肢体。真っ白な肌につぶらな瞳《ひとみ》。髪はアップにしていて、首筋のラインが美しい。

完全にノックダウンの私。

そのはじけるような笑顔にタジロギながら聞く。

「昨年、『フラは見た目は優雅ですけど、大変なんです』と言っていたけど本当？」

「毎日、練習しています。今年はゆったりとした曲で、愛を告白する歌なんです。フランス語の『ジュテーム』という言葉が流れるんですよ。ドレスはロングの薄紫色のムームーです」

キャー、すてき！　これは見ないと‼　二泊でハワイに見に行くことにする。

一人で行くのはつまらないので友人を誘うが、

「そんなに忙しいスケジュールは疲れるからイヤ！」

と、ワガママ女友達から断られ、結局、六十九歳でスーパー元気印の母を誘った。

母は、毎日、「散歩に行った？」と、鬱病《うつびょう》の父を怒り倒している。この元気はもしや、七十九歳で南極に行った父の母、猛女・輝子《てるこ》を超えるのではないか？

さて、ハワイ行きが決まった途端、「フラを理解してから行った方がいいのでは？」と思い立ち、妹がフラの先生をやっているという学生時代の友人・ヒロミに電話した。

「フラは、何をポイントに見たらいいの？」

いろいろと説明されるが、チンプンカンプン。

「明日、練習があるよ。せっかくだからきたら？」

「えーっ、明日？　だって私、会社があるんだよ！」

しかし、結局、翌日の午前中、会社を休み、母と私はフラのレッスンに行くことに。

窓際社員は会議も打合せもないからいつでも休めるのだ。

ヒロミの妹・新保美保ちゃんのフラ教室を訪れる。レッスンではハイビスカス柄のスカートを貸してもらい、見た目はバッチリ、フラ女。

ところがサイドステップのカホロとか、足踏みのカオとか、いろいろとやらされるが、ついていけない。足も腰も痛くなりながら、ヘトヘトで出社した。


さて、翌々日、土曜日の飛行機に乗ると満席。エコノミーだったので、周りは幼い子を連れた家族ばかりで保育園状態。

一睡もできないまま、朝のホノルルに到着。アラモアナ・ショッピング・センターの「フラ・ホオラウナ・アロハ」に駆けつけると、アヤちゃん達の出番に間に合った。

スローテンポの曲が流れ、「ジュテーム」の響きが甘い気持ちにさせる。

(わあー、きれい！ハワイまできた甲斐《かい》があった！)

大満足の私に、母が言う。

「今から海に行かない？」

元気印の母と、夜の海で、バチャバチャと泳いだ。

翌日は、ロイヤルハワイアンホテルの中庭で開催されるコンペティションを見に行った。事前選考を通過した日本のハラウ(フラの教室)による競技を目的とした大会で、ハワイのパフォーマンスやハワイアン・ミュージシャンも登場。ピンクのホテルをバックに青い空、華やかな空気と素晴らしい音楽で大満足だった。

フラを満喫した後は、「田中オブ東京」の鉄板焼きを食べに行く。三十九ドルで、フィレステーキとロブスターがついている「大名」というコースを頼む。

「オキャクサマ、ビールハナニガイイデスカ?」

「何がありますか?」

「ニホンノビールハ、ゼンブ、アリマス。キリン、アサヒ、サッポロデス」

ガーン。モルツはない。

翌朝は空港へ。飛行機の昼食のメニューを見ると、「ビビンバ丼」と、「カレー」の二コースだった。

(絶対、カレーにしよう!!)

と、楽しみにしていたら、目の前でカレーがなくなる。アジア人であろう美しいスチュワーデスは私に聞く。

「申シ訳ゴザイマセン。ビビンバ丼デイイデスカ?」

「仕方ないのでいいです」

「ゴ協力、アリガトウゴザイマシタ!」

後方列では、

「ボク、カレーがいい！」

「品切れだって。静かにしなさい！」

「やだー!! ボク、カレーがいい!!」

「いい加減にしなさい!!」

赤ちゃんが泣き、「ドラえもん」の合唱が聞こえ、フラ気分も吹き飛ぶ、すさまじくも楽しいフライトだった。

祝・紀子さま ご出産

紀子さまが三十九歳でご出産ということで、「マカ」の取材が殺到!! 主婦の友社から、『話題のマカで赤ちゃんができた』という本が出版されているので、女性誌からの問い合わせが多い。

(この間まで少子化問題や、『働く女性はセックスレス』という記事だったのに、もう妊娠特集かあ!)

マスコミの変わり身は忍者より早い。テポドンや小泉首相の靖国参拝のニュースは全《すべ》て吹き飛び、喜びに沸いた日本列島。競輪場の予想屋も親王の名前を考えているそうで、益々《ますます》、平和ボケ日本に爆走である。

それにしても、愛育病院の院長先生を見てビックリ。

「この先生、顔にベビーオイルをぬっているの?」

肌がピカピカでツヤツヤ。アンパンマンのようで健康がみなぎっていた。さすが。

実は私の学習院卒の友人には、子供が宮家のお子様とクラスメートだった人が多く、みんな赤坂御用地に呼ばれている。そのひとりであるA子をお台場のランチに誘った。A子はお嬢様。小さい頃、外出する時はお手伝いさんにパラソルをさしてもらっていたらしい。

「ユカ、ごきげんよう」

「わざわざ、お台場まできてくれて有難う」

「ゆりかもめは初めてで楽しかったわ。こんな遠いところに毎日通っていらっしゃるの？　会社勤めって、大変じゃございません？」

超セレブのA子には、私の会社生活が信じ難い。

「A子って、御用地の中に入ったことあるよね？　どうやって入れたの？」

「私の下の子供の時は、宮家から学習院のクラス全員の母子がご招待を頂いたの。青山一丁目の交番前で待ち合わせをして、クラスの幹事さまの先導で宮家に向かったのよ」

「門の護衛さんの前で、一人ずつ、名乗るの？」

「そのまま中に入れたわ。学習院のクラスメートという情報が入っていたのだと思う。御用地の中は森が深くて鳥の声が聞こえるの。しばらく歩くと、車寄せがあるご自宅があって、お部屋がたくさんあるのよ。広いダイニングには、いろいろなお料理が並んでいて、ビュッフェ形式のパーティ。女官なのかわからないけど、地味なワンピースで白いエプロン姿のお手伝いの女性が何人もいらして、お子様方には、それぞれきれいで若くて知的なお世話係がついているの。紀子さまは運動会や、初等科祭という文化祭にいらっしゃるけど、いつも地味なスーツ姿。姿勢がおよろしくて色白で、もち肌。いつもニコニコされていて、とてもご健康で美しい方。ご長女の眞子さまが一年生の時の初等科祭にご両親といらしていて、教室に飾ってある眞子さまの作品をご覧になっていたけど、お優しくて、観音様みたいでしたのよ」

「ヘエーッ！　私もそんなすごい世界を見てみたい!!」

「学習院初等科の正門横には皇族方のSPが待機する小屋があって、警備が厳しいの。父母にも首からさげる身分証明カードがあって、それがないと中には入れない。私服のSPもいるし。でもSPさんに『マカ』を贈られたら、ユカでもお入りになれるかもよ（笑）」

「でも、一番の気がかりなのは、雅子さまだよね」

「オランダに出発する際、あんなに嬉《うれ》しそうな笑顔を拝見して、『そんなに日本での毎日がお嫌なの？』って思ったわ。オランダが楽しすぎて、日本の生活に戻られたら、余計にお苦しみになる気がして」

「私も楽しい週末が終わって、月曜に会社に行くのって、めんどくさいからなあ」

「雅子さまのプレッシャーはもっと大きいのよ。それより、私、またオメデタになったの」

「エッ!! また⁉ 三人目⁉」

「貧乏人の子沢山」という言葉は今は昔。超大金持ちの社長夫人の友人には、五人の子供がいる。

「そういえば、ユカは、こんなに『マカ』をPRしているのだから、政府の少子化対策のメンバーに入れて頂ければいいのに」

「あっ、そうだよね! 政治家はボケてるんだよ!」

「おっほっほっほ。そんな、失礼なご冗談を」

パワフル女

ある日、「ミセス」誌の女性編集者、Yさんという方から電話があった。

「サイトウさんはシドニーにいらしたことはございますか?」

「オーストラリアは一度も行ったことがないんです」

「乗馬はなさいますか?」

「小さい頃、軽井沢で両親と乗っていましたが、最近はやっていません」

「ゴルフはなさいますか?」

「軽井沢の晴山ゴルフ場でハーフを回るくらいで、すごくヘタクソです」

「十分です! 是非、シドニーにいかがですか? 今回はアクティビティを楽しむ旅で、乗馬やゴルフ、ブリッジクライムといって橋を登ったりするのですが、サイトウさんは高所恐怖症ではございませんよね?」

「はあ、多分……」

「大変申し訳ないのですが、ヘアメイクとスタイリストは同行できませんが、お洋服とアクセサリーはこちらでご用意させて頂きます」

聞いた瞬間、天にも昇る気持ちに。今まで、「マカ」を飲んでペルーの五千メートルの山に登ったり、パプアニューギニアの大使公邸に「マカ」をプレゼントしに行ったり、ハワイで六十四キロも自転車に乗ったりと、世界ウルルンの旅ばかり。「ミセス」でエレガントな旅をしたらどんなにステキだろうと行くことにした。

翌週、Yさんとスタイリストさんとの打ち合わせ。

「あのー、私なんかに、本当にスタイリストさんをつけてもらっていいのですか?」

「ハッキリ申し上げて、サイトウさんにはシャネルはつきません。でもご用意させて頂くお洋服は自信を持って着て頂いて結構です」

と、キッパリ。シャネルはつかないのか。

トホホ。

出発当日、成田エクスプレスでYさんと落ち合う。

「女性誌はファッションやレストランの取材もあるから、お忙しいですよね?」

「昨日はあまりに疲れていたので、仕事の後、全身マッサージに行ったんです、『身体を冷やしてはダメ』って言われました。先月はカルティエのプレスツアーでパリに行き、ハイジュエリーの撮影があったりして」

（へえー。カルティエの仕事なんてステキ！　私の「マカ」とは大違いだなあ！）

羨《うらや》ましくて鼻血が出そう。

「ところで、ハイジュエリーって何ですか？」

「カルティエクラスになると、何億、何十億というすばらしい宝石があるんです」

成田空港に着いてカメラマンさんと合流し、エコノミークラスにチェックイン。搭乗まで二時間半もあるので、みんなで寿司田《すしでん》に行く。

「サイトウさんは何をお飲みになりますか？」

「じゃあ、生ビールを」

「私は熱燗《あつかん》！　昨日、身体を冷やしちゃいけないって言われたので。おほほ（笑）」

優雅に熱燗を飲みながら、板前さんに美味《おい》しい肴《さかな》をテキパキと頼むYさん。

寿司を食べ、搭乗口に向かう途中、Yさんが言った。

「私、飛行機に乗る前に、メイクを落としますので、ちょっと失礼しますね」

「あっ、旅慣れた方は、『メイクを落としてから飛行機に乗るのが基本』と言いますよね。じゃあ私も！」

トイレで並んで歯磨きをし、私がゴソゴソやっていると、二分でノーメイクになったYさんが優雅に、

「では、お先に飛行機に行っていますね」

とトイレを出て行った。

私がノロノロと化粧を落とすのに手間取っていると、

「サイトウユカさん、搭乗口までお急ぎ下さい！」

とアナウンスが流れた。

ヒョエーッ！　頭にヘアバンドをしたまま、スッピンでバタバタ走る羽目に。

大汗をかきながら飛行機に乗ると、Yさんはすでにスリッパに履き替え、マスクをつけていて旅慣れた雰囲気。Yさんというより、Yサマという言葉がピッタリで、私の方がアシスタントのよう。飲み物のサービスの頃にはYサマはスヤスヤとお休みになられていた。

日本は冬だが、シドニーに着くと初夏だった。わずか三日間で、ホテル風景や、乗馬、ゴルフ、レストランの料理と山のように撮影しなければならないのだが、超段どり女のYサマのテキパキに圧倒される。

すぐに撮影があるというので、私の着替えと化粧のためにホテルを予約してあった。「サイトウさん、まず、お化粧を落として下さい」

スッピンになると、「ミセス」のYサマがメイクをしてくれた。スタイリストさんの用意したスカートに着替え、チェックアウト。

シドニー北部の海沿いにある、マクロビオティックという食生活を提唱するフードコンサルタントのお家《ウチ》に到着。インタビューではガイドさんが通訳してくれるのだが、あまりに英語がわからないので会話がプツンと途切れ、いたたまれない気持ちに。訳がわからずボーッとしていると、Yサマが助けてくれて、カメラマンにも撮影の指示をテキパキ。

撮影が終わり、ブルー・マウンテンズの山に向かう。

「リリアンフェルズ・リゾート&スパ」はピンクや黄色の花が咲き乱れるロマンチックなホテルで、大人の隠れ家にふさわしい雰囲気だった。レストランでの料理撮影を終えて、夕食後、Yサマがおっしゃった。

「サイトウさん、明朝は、メイクとお着替えがございますから、私の部屋に六時半にいらしてくださいね」

朝、化粧をしてもらって、乗馬の撮影のために牧場に向かうが、Yサマの乗馬のうまいことといったら！

何と、Yサマは大の馬好きで、日帰りで北海道まで馬に乗りに行くという。

「朝六時発の飛行機で千歳《ちとせ》に飛び、レンタカーで石狩川沿いにある牧場に行くんです。石狩湾の海辺に七キロの砂浜があるんですが、そこを走るのが気持ちいいんですよ。国道沿いに佐藤水産がやっているドライブインがあって、イクラ丼とビールが最高！帰りは番屋の湯という所でお風呂に入って、札幌市内でご飯を食べて最終便で帰るんです」

（ヒョエー！　パワフル！）

その日は乗馬の他に、ゴルフやレストランの撮影もあったが、大雨になり、てんやわんやの大騒ぎに。

しかし、翌朝、朝食のレストランに行くと、Yサマはケロリとおっしゃった。

「私、お腹《なか》すいちゃった」

その言葉を聞いて嬉《うれ》しくなった。ペルーでは研究者が高山病で倒れたし、パプアニューギニアではカメラマンが下痢でダウン。ハワイの自転車競技でもカメラマンがリタイアと、情けない男ばかり。しかしYサマはよく食べ、よく飲み、よく笑う。しかも話が最高に面白い。やっぱりこれからは、男より女の時代だ！

翌朝、せっかくだからと、屋内プールに行った。

「わあー、きれい！」

プールは青く輝き、正面のガラス窓からは花咲く庭園が見えた。ガラスドアに、「FIRE EXIT ONLY」と書いてあり、「火事の時、このドアから逃げるんだな」と思いながらドアを開けると森の匂《にお》いがすごい！ 花が朝露に輝き、森の美しさに見とれて庭に出た。と、その瞬間、ドアが閉まった。

（キャアーッ！ まずい!!）

ドアを開けようとするが開かない。結局、三段腹のビキニ姿のまま、ホテルの玄関まで歩き、フロントを通り抜けてプールに戻った。

トホホ。

最終日はブリッジクライムを体験しに行った。シドニー・ハーバーブリッジのてっぺんまで歩いて登るアトラクションで、「子供からお年寄りまで大人気」と聞いて軽い気持ちで登り始めた。ところがお台場のレインボーブリッジを歩いているような高さで、命綱をつけていても風はビュービュー吹いているし、怖いっ!! あまりの恐怖に足がすくむ。

「Yサマ、怖い！　助けて！」

私は十回、叫んだ。頂上から戻るとヘトヘト。しかしYサマは涼しい顔だ。

「あー、怖かった。Yサマ、怖くなかったんですか？」

「大学時代、ハンググライダーをやっていて、パラグライダーも好きなんです。持久力とか、根性ものはダメなんですが、アドレナリンが出るスリリングなものは大好きなんです。おほほ」

とニッコリ。愛車アルファロメオ１４５（赤色）で爆走するらしい。エレガントな上にパワフル！　本当にビックリ仰天した旅だった。

突撃！　潜入ルポ

蓮舫《れんほう》さんとお風呂《ふろ》に入る

蓮舫さんと、またお会いすることになった。蓮舫さんと私の知り合いの編集者A子、某省の美人キャリアが仲良しで、A子が誘ってくれたのだ。

さて私が店を取ることになったが、どんな店を予約したらいいのだろう？　ワリカンだから、杉村太蔵議員が行きたがっていた高級料亭でもないだろうし……。

というわけで、有名人が行かないような居酒屋で、「お風呂が付いている部屋」を予約した。私も初めての店なのでドキドキだ。

「CUBE箱庭」は溜池山王駅《ためいけさんのう》から徒歩一分。風呂付きの部屋に通されると、別室に大きな丸い木桶《きおけ》のお風呂があって、浴衣《ゆかた》とタオル、シャンプー、リンス、ボディシャンプー、ドライヤーまで用意されている。

しかし国会議員の蓮舫さんがお風呂なんて入ってくれるだろうか？　何せ、参議院で総務委員会委員、予算委員会委員、少子高齢社会に関する調査会委員、民主党で男女共同参画委員会副委員長、副幹事長、政策調査会副会長をやっているのだ。

するとと七時ピッタリに蓮舫さんが入ってきた。美しいグレーのスーツ姿。胸には議員バッジが光る。

「何でお風呂があるの？」

「あっ、せっかくだから、みんなでお風呂に入ろうかなあと思ったんです」

アタフタする私。

「実はサイトウさんが入りたいんでしょ？」

さすが、元キャスター。つっこみが鋭い。

すると、他の女性達が和室の部屋に入ってきた。

「遅れてごめんなさい。えっ？　何でお風呂あるの？」

みんな目がテン。

「サイトウさんが入りたいんだって（笑）」

スーツ姿のキャリアは、

「いやだあ、お風呂なんて」

と、あっさりと拒絶。

ガッカリする私。トホホ。

「これ、パリのお土産！」

蓮舫さんはみんなにチョコレートをテキパキ配る。しゃべりも早いし何でも早い。

話題は先の総選挙に。

「私、蓮舫さんが白のスーツ姿で岡田代表とテレビに出ていたの、見ましたよ」

「白は太って見えるからいいの。ピンクか、白ね」

「エーッ、ピンク⁉」

「あっ、ああいう方のピンクでなくね（笑）」

「選挙、どうでした？」

「すっごく怖かったよお」

「キャスターをやったことがある蓮舫さんでも？」

「テレビに出ると、私の一言だけでも同志の選挙活動に影響が出るの。みんなベテラン議員で、私は去年七月に初当選したばかり。今でも髪が抜ける夢を見るよ。中国語で精神圧力と書いてストレスと言うんだから」

へーっ！　政治家も大変。

「どんな毎日ですか？」

「毎朝五時起床で野菜いっぱいの味噌汁《みそしる》を作るの。夫が出汁《だし》をとってくれていて、ぺツトボトルに入ってるんだ。麦茶と間違えて飲んだ時は衝撃だったよ」

編集者のA子も笑う。

「私も桃の缶詰の汁だと思って飲んだら、卵の白身だったことがありました」

するど蓮舫さんが、

「ねえ、そろそろ、おでん、食べない？ 大根の人は？」

「はーい！ 食べたーい！」

みんなが手を挙げる。

「こんにゃくの人は？」「卵の人は？」「厚揚げの人は？」と蓮舫さんが仕切りまくる。

「A子ちゃん、そろそろ、お風呂に入ってきて！」

忘れていたお風呂も勧めてくれる蓮舫さん。浴衣姿で戻ってきたA子は超かわいい。

蓮舫さんは風呂を拒絶していたキャリアも入浴させ、私が入り、蓮舫さんが入り、全員が浴衣姿に。

蓮舫さんはゴキゲン!!

「またスーツに着替えて帰るのは嫌だから、次回はジャージ持参でこようね」

六千人の部下を持つ美人キャリアはすっかり酔っぱらって、頰《ほお》がピンク色に。

「あー、お風呂で最高の気分！ ところで仕事をやる気のない男をどうやってやる気にさせたらいいのかな」

「自分では仕事が出来ると思っているけど、出来ない男ってたくさんいますよ」

「ウチは仕事が出来ない男なのに、フシギと自信を持ってないから」

「空気を読めといいたいよ」

「読めたら出世してるよ」

テレビ番組真っ青の赤裸々トークであった。

ホノルル・センチュリーライド

二〇〇五年の「ホノルル・センチュリーライド」にA子と参加した。私は四十マイル（六十四キロ）を完走したが、A子は走行中に、後ろから走ってきた若者にぶつけられ、途中でリタイア。涙をのんだ。「今年はリベンジ！」と、二人でハワイへ向かう。

飛行機に乗り、エコノミー席のメニューを見ると、「グラタン」と「チキンビビンバ」のチョイスだった。

「ヒョエーッ!! またビビンバだ。JALの社長はビビンバ好きなのだろうか？」

前回、母とハワイに行った際も、「カレー」と「ビビンバ丼」のチョイスで、「絶対、カレーを食べよう」と思っていたら、私の目の前でカレーがなくなった。

「ユカ、どちらにする？」

「絶対、グラタン！」

ところが美しいスチュワーデスさんがきて言った。

「申し訳ありませんがグラタンはもうございません」

ガーン！　のけぞる私に大笑いするA子。

「ユカってビビンバに呪《のろ》われているんじゃないの？」

しかし、飛行機ではビールがチョイスできる。日頃、発泡酒しか飲めないので、他のビールより高いプレミアムモルツを頼み、得した贅沢《ぜいたく》な気分を味わってゴキゲンになる。パチパチ!!

A子がデザートのプリンを食べながら問う。

「ユカ、自転車練習した？」

「全然！　夏に家の階段から落ちて足の指の骨にヒビがはいったの。ずっとギプスだったんだから！　毎朝、母がお台場まで車で送ってくれて大変だったんだよ」

「エーッ！　落ちたの？　大丈夫？」

「うん。昨年は四十マイルを完走したから、四十マイル以上は走りたいな」

「ホノルル・センチュリーライド」はハワイ・バイシクリング・リーグが主催で、JALが協賛している。

昨年、参加してわかったが、このイベントはタイムを競うレースではない。順位も関係なく、自分のペースでハワイのすばらしい景色を満喫し、新しいライダー仲間と出会い、自転車の喜びを味わうイベント。当日の自分の体調にあわせて、二十マイル、二十五マイル、四十マイル、五十マイル、七十五マイル、百マイルを走ってゴールするだけ。小学生の子供もたくさんいたし、日本人が多いので、言葉の不自由もなく誰でも気軽に参加できる。何よりも青い海がすばらしい！

さてハワイに到着すると、秋の日本と違ってカーッと熱い太陽が輝く真夏だった。ホテルにスーツケースを置いて自転車を借りに行く。このイベントでは、自転車を持参する日本人が多い。「マイ自転車」で走る喜びは最高だろう。一日に千個も自転車が入った段ボール箱が届くので、空港スタッフはテンヤワンヤだ。

A子は昨年同様マウンテンバイク、私は、「長距離にはロードレーサーの方がよさそうだから」と安易にロードレースタイプを予約していた。その日は自転車を借りたので安心して、そのまま練習もせずに寝た。

翌朝、カピオラニ公園でのAVAツアーの「試走会」に参加する。準備体操の後、ハワイの交通ルールや、道路標識などを教わり、百人もの日本人が一斉に走り始めた。私も後に続く。

「キャーッ、A子、怖い!!」

生まれて初めて乗るロードレーサーの恐ろしさといったらっ！　ハンドルを持つと、身体が前屈《まえかが》みというか真横になり、今にもつんのめって転びそう。おまけにブレーキをかけるとキッと急に止まるような恐怖を覚える。さらにタイヤが細いから不安定で、左折する時は後ろのライダーのために左手を上げて合図をしなければならないのに手が離せない。一分走っただけで止まる私。

A子が心配そうに問う。

「ユカ、大丈夫⁉」

「ダメ！　ロードレーサー、怖すぎる‼　走れないっ‼」

ちびまる子ちゃんのように顔面真っ青。マジで怖くて走れない。エーン‼

翌朝はカピオラニ公園五時半集合で本番だ。だっ、大丈夫だろうか？

前日の試走会で、生まれて初めて乗ったロードレースタイプの自転車が怖くて、不安のまま、本番を迎える。

朝四時に起きると外は真っ暗。おにぎり、バナナを食べ、「マカ」を六粒飲む。日焼け止めを塗り、お尻《しり》にパッドのついたパンツを穿《は》いて、ウエストバッグに、デジカメ、小銭、携帯電話を入れ、自転車用のヘルメットをかぶってカピオラニ公園に出発。

すでに三千人もの人が集まっていた。

「ユカ、何かあったら、お互い携帯に電話しようね」

「大変！　携帯がない!!」

パンクしたら大変だとタイヤのチューブを買った際、落としたのだ。緊急連絡先に電話をすれば、タイヤのパンクを直してくれたり、助けてくれるのに。

大きな不安の中、スタートする。ギャラリーの大歓声に包まれ、自転車のペダルをこぐ。こっ、怖い!!　ロードレーサーは前のめりで転びそう。しかし周りがすごい勢いで走るので止まれない。必死でペダルをこぐと十五分でダイヤモンドヘッドに着いた。ちょうど太陽が昇る頃で朝の光が眩《まぶ》しい。海の輝きの美しいことといったら！

ブーゲンビリアが咲き誇るカハラ地区の高級住宅街を通り、カラニアナオレ・ハイウェイに入る。昨年、「エッ、高速道路を走るの？」とビビッたところだ。路肩が赤い三角のコーンで区切られ自転車専用ロードになっているが、それでも怖い。時速百キロ以上のスピードを出した車が背後からビュンビュン走り去る。

高速道路が終わると、コース中で一番の急勾配《こうばい》があるハートブレイクヒル（心臓破りの坂）へ。自転車小僧達は必死でこぐが、ほとんどの人は自転車から降りて坂道を上がる。昨年はここでA子がぶつけられた。

「A子、大丈夫？」

「うん。ユカはロードレーサーの自転車、慣れた？」

「怖いけど、こうなったら、行けるところまで行くっ!!」

二十五マイルのエイドステーション（休憩所）は、真っ青な海に広々とした芝生の美しいサンディー・ビーチ・パーク。白いテントがあって、ゲータレードが飲み放題、オレンジやクッキーも食べ放題で梅干もある。

再びスタート。どこまでも続く水平線。気持いい！　マカプー岬からはエメラルドグリーンの海原が広がる。サーフィンやパラグライダーをやっている人を見ながら急坂を下り、四十マイルの折り返し地点に到着。昨年はここでUターンしたが、さらに先を目指す。今まで真っ青な空、青い海の風景だったのが薄暗い密林に。コオラウ山脈の大パノラマは圧巻。ワイナマロのジャングルロードは鬱蒼《うっそう》としていて霧が立ち込め気温が下がる。牛糞《ぎゅうふん》の臭《にお》い。野生のにわとりが道路を走る。苦しい。つらい！

（こっ、こんなところでパンクでもしたら大変だ！）

あー、つらい。きつい。必死で走る。五十マイル、更に七十五マイルまでようやくきた。

「やったー!!　よし。こうなったら百マイルを目指そう！」

時計を見たら十一時だった。ガーン！　百マイルを目指す人は十時半までに七十五マイルの折り返し地点を出発しなくてはならない規定だった。

「悔しい！」

百マイルの折り返し地点は、誰もが、「見たこともない美しいエメラルドグリーンの海岸線を走るんだよ」と語る。その海を見たかったのに。しかし、ママチャリしか乗ったことがない私達がここまで走れて大満足！　復路を必死で走り、二人揃《そろ》ってゴール！　朝六時から九時間もかかって七十五マイル（百二十キロ）を完走した。大感激！

自転車の後も元気なのでプールに泳ぎに行った。

帰国後、出社すると、健康食品事業部のマユミちゃん（二十六歳）は同期六人で参加して全員五十マイルを完走。他部署のWちゃん達七人は百マイルを完走したという。みんな達成した喜びでいっぱいだ。

来年も九月の開催だ。よし今度こそ、「マカ」で百マイルをめざすぞ！

ふと周りを見回せば、みんな役員プレテや資料づくりですごく忙しそう！

カヤの外の私。

防衛庁潜入ルポ

先日、新商品のウイスキー「謎《なぞ》ＡＥＧＩＳ」が発売された。映画化されたばかりの福井晴敏先生の著作『亡国のイージス』をイメージして原酒をヴァッティングしたそうで、ラベルにも、「イージス艦」が描かれている。イージス艦の写真を借りるのに海上自衛隊に大変お世話になったと聞いて、お礼とばかりに防衛庁に行くことにした。

いざ、突入だ！

市ケ谷にある防衛庁の入口は警備で物々しい雰囲気。車両で突破されないよう突入防止の白色の筒型ポールが埋め込まれ、侵入を防ぐ時はポールが突き出る仕組み。鉄門には、「警備強化実施中」という看板があり、迷彩服の人も歩いている。

左奥にある受付カウンターに行く。事前に自宅住所、名前、電話番号、生年月日を通知しており、面会書類を書くと海上自衛隊広報室の方が迎えにきてくれた。

キリリとした白い制服姿には恐ろしく威厳があり、大緊張。汗がドッと流れる。

敷地内は六万八千坪もあり、とにかく広い。A棟に入ると、空港と同じ手荷物検査があり、再び緊張する。エレベーターの案内表示には、地下から五階が陸上幕僚監部、六階から九階が海上幕僚監部、十階から十三階が内部部局、十四階が統合幕僚会議議長、十五階から十九階は航空幕僚監部とあり、屋上にはヘリポートがあるという。

八階の「海幕広報室」に案内されると、映画「男たちの大和」「亡国のイージス」、TBSのドラマ「夢で逢いましょう」のポスターがペタペタ貼《は》られている。

（わあ、テレビ局みたい！）

すると広報室長がにこやかに迎えて下さった。しかも広報室全員が名刺交換に来てくださり、民間会社の百倍も感じがいい！

「広報室の内部を見せて下さったり、何故《なぜ》こんなにオープンなんですか？」

「それは法律で決められているからです」

と、広報室長はキッパリ。「防衛庁設置法」第五条には、「防衛に関する知識の普及及び宣伝を行うこと」とあるという。ヘエーッ！

というわけで、いろいろ案内して下さったが、テレビ番組のように、「ヘエーッ！」を連発。百回も言った。

この地は、戦時中は大本営陸軍部があった場所で、極東国際軍事裁判（東京裁判）の法廷として使用された建物が移築されている。天皇陛下専用の階段や、三島由紀夫先生が割腹自殺した東部方面総監室、三島先生が隊員ともみ合った際の刀傷がドアに三カ所も残っていて、リアル！　この市ケ谷記念館は、一般の人も申し込めば見ることができるという。

十八階の「展望レストラン」は毎月一回、バイキング（八百五十円）があり、茶碗蒸し、秋刀魚《さんま》の南蛮焼き大根添え、鶏肉とさつまいもの炒《いた》め物、きのことベーコンのパスタ、サラダ、鰯《いわし》のつみれ汁、栗《くり》ご飯など。マロンケーキもあった。

広報室長が厳かに語る。

「海上自衛隊では金曜日は、『カレーの日』なんです」

「エッ？　カレーですか!?」

「潜水艦で出港すると約一ヶ月間も潜って曜日がわからなくなってしまうから、金曜日にカレーを出して、わかるようにするんです」

へエーッ！

「だから、『トリビアの泉』とか、料理番組からカレーの取材が多くて、大変なんですよ」

「広報室長の前はどんな勤務をされてたんですか？」

「ワシントン日本大使館の防衛駐在官や三隻《せき》の潜水艦の指揮官をしてました」

庁内ではランニングしている人も多く、心身を鍛えるのも仕事のうちらしい。自衛隊の人は国のため、そして平和と安全を支えるために、強い使命感を持って任務を遂行している。民間企業でバタバタと売上を気にしたり、出世や昇進試験に振り回されて働くのはむなしいなあ。

広報室のYさんが言った。

「海上自衛隊では十七段階も階級があるんです。上から海上幕僚長、海将、海将補、海佐と続き、海尉、曹長、海曹、海士長、海士まであって、試験や勉強が多いんです」

ドヒャーッ！

大トヨタ様の大パーティ

会社に突然、招待状が届いた。

「レクサスLS披露パーティ、新国立劇場。皆様のご来場を心よりお待ち申し上げております。トヨタ自動車株式会社取締役社長　渡辺捷昭」

「キャアー！　大変！　大トヨタ様から招待状がきた！」

みんなビックリ仰天。何故私に⁉　すると、以前お会いしたことがあるトヨタアドミニスタのお偉いさんから電話があり、招待名簿に入れて下さったという。

当日、京王新線で初台に向かう。早目に着いたので、初台駅の汚いトイレでおしっこをする。改札口から新国立劇場に向かうと、「LEXUS」の看板を持った黒服のイケメンが何人も立っていて期待感が高まる。劇場入口には何百人ものお客様が黒塗りの車で到着しており、電車できたのは私だけ。黒塗りの車から颯爽《さっそう》と降り立つ社長や俳優、歌舞伎《かぶき》役者、貴婦人達。ロングドレスや着物姿もいて有名人ばかり。無名の私が会場に入っていいのか？

（でもここまできたら、せっかくだから入ろう！）

入口にもアルマーニか、グッチの黒服を着たハンサム社員がザーッと並び、受付では白いジャケットに黒のミニスカートの美女達が、「いらっしゃいませ」と、レースクイーン立ちでお出迎え♡　胸に「LEXUS」というシールを貼《は》られ、これで招待客を見分けるらしい。

当日のプログラムが渡され、「十九時・レクサスLS披露会、十九時半・懇親パーティ」と書かれていた。

ロビーではシャンパンがサーブされ、有名人らがご歓談。「今日は電通が仕切っているんだよ」というのを小耳にはさむ。ヘエーッ！

劇場内に入ると、真っ白いドライアイスが流れる舞台に「レクサスLS」が浮かび上がり、スポットライトが輝く。その車体の美しいことといったら!!

チェロの演奏があり、優雅な踊りを見ながら、「電通だと、あのドライアイスは幾らの請求になるんだろう？　きっと電通のプロデューサーが、『音楽と踊りが最高級車にふさわしいです』ってプレテしたんだろうなあ」と電通への支払い額が頭を過《よぎ》ってドキドキ。吉野家の牛丼は、「うまい、やすい、はやい」だが、電通は「うまい、高い、はやい」のだ。万年赤字の健康食品事業部の悲しさで、頭の中で計算ばかりする私。

トヨタ社長様のスピーチの後、別室の懇親パーティへ移動すると、ここでもシャンパングラスを持った黒服のイケメンがザーッと並ぶ。三台のレクサスLSが展示されていて、案内役の美女が車の傍《そば》でニッコリ微笑《ほほえ》む。遠くにはエノテーカ・ピンキオーリ、オテル・ドゥ・ミクニ、シャトーレストラン・ジョエル・ロブション、レストランひらまつの豪華な料理やデザートがあるが、有名人に気圧《けお》されて取りに行けない。するど、小皿を載せた一メートル四方もの銀色のトレーがサーブされたので、料理を取る。食べ終わるとサッと下げられ、すぐ他の料理がくるので、トリュフ、フォアグラ、ステーキ、デザートを一歩も歩かないまま、お腹いっぱい食べることができた。

パチパチ!

遠くには有名人らと歓談している社長様がいるではないか。私も勇気を出して、ご挨拶《あいさつ》しようと、列の最後尾に並ぶ。そして順番が! 有名人ばかりだから名刺を出すのは私だけ。ハンドバッグから「マカ」を出す。

「この『マカ』という健康食品は売上前年比六〇〇〇%の商品です。社長様のご健康の為《ため》にお持ちしました」

緊張のあまり、背中から汗がザーッと流れ落ちる。

「それとボケ防止や記憶力アップに効果的な『アラビタ』という商品があり、ウチの社長も飲んで、頭脳明晰《めいせき》、シャープになっています」

「あれで飲んでいるの？（笑）」

「ハッ!?」

思わぬ展開に頭の中は真っ白。大社長様が、吹けば飛ぶようなウチの社長と会ったことがあるとは！

「いえあの、飲まないと、もっとボケなんです！」

会場は大爆笑。さすが大物の社長様は遊び心がある！

翌朝すぐに、社長にその話をすると、「ワッハッハッ！　ケッサクやな」と大喜び。

お騒がせ「中村獅童《しどう》」

JR九州のK常務から電話があった。京大法学部卒、柔道部主将だった方で態度もカラダも太っ腹。以前、私が「マカ」をプレゼントしたら常務になったので私に恩があるのだ(笑)。

「明日、『中村獅童を励ます会』があるんですが、ご予定空いていますか?」

わあー、中村獅童といえば、今、旬《しゅん》の人である!

「行きます! 行きますっ!!」

ホテルオークラの「平安の間」で六時からだという。

翌日、会場に到着すると、美しいオバサマ方が何百人もいてロングドレスや着物で艶《あで》やかなこと! トイレに行くと、皆様すごい勢いで化粧をしまくり、頭にホットカーラーを巻きながら、

「獅童ちゃん、事件起こしてハラハラしちゃうわね」

「本当！　ウチの息子より心配よ」

海外ロケから帰国直後に、「女優と密会か？」と報じられたり、酒気帯び運転と信号無視で書類送検されたり、連日、ワイドショーを騒がせているが、その騒動も獅童ファンにはたまらないらしい。広い会場には三五〇名ものお客様で、私の席を探すとK常務が手を振っていた。

何と舞台正面の一番いい席だ。すると公明党の神崎前代表が私達の丸テーブルに着席された！　しかもテーブルの対面に座っていたのが、周りの人達から、「神崎さん、こちらの方が舞台見やすいですよ」と促され席を移動。私の左横に座った。丸テーブルは十二人掛けでギューギュー。私の左肩に神崎代表の右肩がぶつかる。

（なっ、何でこうなるの？）

ヒョエーー！　ちびまる子ちゃんのように顔面蒼白《そうはく》。

司会者の開演挨拶があり、

「今から獅童さんのビデオを十五分間、上映します」

会場は真っ暗に。大きなスクリーンに獅童さん出演の映画「ピンポン」が映しだされるが音声が流れない。

美人司会者はアタフタ。

「申し訳ございません！　何故《なぜ》か、音が出ません」

会場内がざわめく。

「本当に申し訳ございません……」

司会女性が困惑した時、美しい着物姿の年配女性が舞台正面にツカツカと歩み出てマイクをとった。

「獅童のお母さんだわ！」

後方のオバサマ達が騒ぐ。

「獅童は今まで売れない役者でございましたので、今日のスタッフも無給でやっております。こんなことで申し訳ございません。しかし、つらく悲しい道は今日まででございますっ！」

オバサマ方は大拍手。

「今まで数々の失敗をしてきましたが、角川春樹さんに後援会長をして頂き、神崎夫人にもお力を頂き、今日を限りに獅童事務所は明るい道を歩いて行きたいと思います。しかしビデオの音声不具合で申し訳ございません。ビデオは音楽入りでパーッとやるつもりだったのに。獅童、早く出てこい！　親の顔が見たいわ！」

と、大声で喚《わめ》いた途端、大音響が鳴り、真《ま》っ暗闇《くらやみ》にスポットライトが一条、獅童さん登場！　黒のスーツに金色の髪。かっこいい！

「みなさん、こんばんは。獅童です。いろいろと世の中をお騒がせしていますが、何《なに》卒《とぞ》、お見捨てなきようお願いします（ペコリ）」

続いて後援会長である角川春樹さんのスピーチが。

「私が刑務所入所中に、獅童のママより『後援会長をやって欲しい』と言われ、『いつ出るかわからないから』と断ったんですが、とにかく応援してくれと頼まれた。ステージママは口が達者。神崎さんも勝てませんよ。『オレ、前科一犯だけどいいの？』と言ったんですが、結局、会長になりました」

獅童さんとの写真撮影会やトークショーが終わり、司会者が、「最後に神崎前代表、一言、お願いします」と言うと、「エッ？」とビックリ。事前に依頼されてなかった様子だが立ち上がる。スポットライトが眩《まぶ》しい。

「私の家内が獅童命で、ここに駆り出されております。不良少年の危うさが魅力のようで。私も昔、検事をやっていたことがあるので、二度とあんなことが起こらないよう、お目付け役になりたいと思います」

「ヨッ！　いかんざき！」

拍手喝采《かっさい》!!

ああ、堂々の観艦式

防衛庁オタクのM子から、電話がかかってきた。

「観艦式に行けることになったけど、ユカも行く?」

「わあー、行きたい!」

最近は北朝鮮が怖い。テポドンが飛んできたり、核実験が行われたりするが、本当に日本は安全なのか?

「私達の船は、『まつゆき』という護衛艦で、安倍総理が乗艦するのは観閲艦『くらま』なんだってさ」

「私もせっかくだから、安倍総理の船に乗りたい!」

「バカ! 私達が乗れるわけないじゃん。四十隻《せき》もあるんだから。当日は昼食が出ないからコンビニ弁当を買ってきてね。横須賀で七時に受付だからよろしく」

すると、「週刊新潮」のカメラマンが「くらま」に乗るというので同行できることになった。パチパチ！

日曜の朝、三時半起床。大雨で悲惨だ。四時過ぎに家を出ると真っ暗だった。

（暴漢に殺されでもしたら、洒落《しゃれ》にならないよなあ）

横須賀に到着すると、海上には何十隻もの黒光りする艦船。威圧感たっぷりだ。

「くらま」の桟橋には豪華な赤絨毯《じゅうたん》が敷かれていて、安倍総理らのためだ。八時十五分から統合幕僚長、海上幕僚長、陸・空幕僚長代理、民主党の前原前代表や白眞勲さんらが乗艦すると、海幕長や自衛艦隊司令官達がおもむろに白手袋をした。

そして防衛庁長官が乗艦。先導人が海上自衛隊列をゆっくり進むと、その後ろを防衛庁長官が厳かに練り歩く。栄誉礼というらしい。

九時半出港。十一時五分、大爆音の中、ヘリコプターが着艦。降り立った下村官房副長官は髪をやたらと気にして十数回も撫《な》で付けていた。十分後に二機目のヘリコプターで安倍総理が到着。百人ものカメラマンのシャッター音がいっせいに鳴り響く。モーニング姿の正装で、髪を全く気にすることなく、シャキッと立つ。

横にいた海上自衛隊の若者に小声で話しかけてみる。

「ねえ、今日の観艦式の準備って大変だった？」

「すごく大変でしたよ。上がピリピリしてましたから。赤絨毯の敷き方や、紅白幕のかけ方、お客様にお茶を出す作法まで教わりました。船も錆《さ》びがないよう、全部を磨きあげ、危険な所は全《すべ》てチェックして、一年前には修理を終えてました」

「安倍総理がころんだら大変だもんね」

「自分は地方の所属なので、海上幕僚長を見るのは初めて。友達に自慢します！」

安倍総理が乗り込んだので甲板に上がると、「くらま」の後ろには随伴艦「ちょうかい」「ひえい」「さわぎり」……が続き、遠くには私が乗る予定だった「まつゆき」が見えた。何十隻の護衛艦がすれ違い、壮大なスケールに大感動！

前方の甲板には総理がいるではないか！　「マカ」と、記憶力をアップする「アラビタ」をプレゼントしたいが警備の人が多くて近づけない。勝手に近づいて手渡しする突破方法もあったが、防衛庁はヒエラルキーの世界。何人ものクビが飛びそうだったのでガマンする。

「次は潜水艦の潜航と浮上です。練習ではすごい勢いで浮上したのでスクリューが見えたんですよ（苦笑）。この意味、わかりますか？」

「何か、マズイんですか？」

「スクリューが見えると、どんな潜水艦か、敵国にわかってしまうんですよ」

へエーッ!!

潜水艦が潜ると、海上自衛隊の人達が息を呑《の》む。緊迫した雰囲気に私も緊張。

すると、黒い潜水艦が、ザバーッと浮き上がった。

(何だ、くじらみたい！)

マウイ島のくじらウォッチングと一緒だった（笑）。

安倍総理は観閲が終わると、二時にはサッサとヘリコプターで帰ってしまった。

ようやく夕方、帰港。海風で髪はボサボサ、化粧は剝《は》げ落ち、死ぬほど疲れてトボトボと横須賀駅に向かって歩いていると、貴婦人達を乗せた「高官夫人」と表示のある大型バスや、日本郵政公社の生田総裁の黒塗りの車が過ぎ去って行く。その後を、「長官先導車」と書いてある黒い先導車に続き、防衛庁長官を乗せた車が走り去っていった。

(あー、私が払った税金だ)

トホホと見送った。

超豪華「赤坂宿舎」潜入ルポ

郵政解散の際、選挙を頑張って欲しいと、小泉首相と岡田民主党代表に、「マカ」と「硬化バツグン！　愚息ムクムク」の記事をお送りした。すると翌朝、世耕弘成先生から電話を頂戴し、「みんなで飲ませて頂きました」と御礼を言われた。しかし民主党からは音沙汰《おとさた》なしで誰も飲んでいる気配がなかった。

その結果、自民党は「マカパワー」のお陰で圧勝したのだ（笑）。

というわけで、参院選に向けてか、「マカ」の注文が殺到している。

今朝は前から存じ上げている某議員先生から電話があった。「今の宿舎が廃止されるので赤坂宿舎に引越し中です」というので、どさくさに紛れ、侵入することに。

（わあー、今、マスコミに叩《たた》かれている注目宿舎だ）

何でも、「国会議事堂から徒歩十分、地上二十八階建ての3LDK82平方メートルが月々九万二千円。赤坂周辺の同じ広さのマンションは一ヶ月五十万円」とあって、

「議員特権」の批判が噴出したウワサの宿舎だ。

世間の冷たい視線を気にして当初は入居する議員もまばらだったが、すでに半数が入居しているという。杉村太蔵先生は入居済み。若いのに、新婚生活が赤坂とは羨《うらや》ましいなあ。

千代田線赤坂駅に下り、ＴＢＳ本社を背に坂を上がっていくと、高層マンションばかりで迷ってしまった。

するとマンション群の中に交番があって、一人のおまわりさんがいた。

「赤坂宿舎はどれですか？」

「あれですよ」

高級マンション風の入口には三台、黒塗りの車があった。「マスコミがいるかな？」とドキドキしながらエントランスに向かうと、ガードマンもいない。

オートロックの数字を押すと、あっさりドアが開き、侵入できた。パチパチ!!

ガラーンとした宿舎内に入ると誰もいない。一階と二階は共用スペースで、ロビーの他、ソファと観葉植物が置かれている談話コーナーがある。この豪華な観葉植物も私達の税金だぞ!!

最上階からは六本木ヒルズ、赤坂ツインタワーなど都心の絶景が一望に。国会議事堂も首相官邸も、全部を見下ろすことができる。貧しい暮らしの庶民を見下ろせる夜景は最高だろう！

（へぇー、国会議員になるとはこういうことなんだ）

各階はホテルのような廊下でワンフロアに十二戸。某先生の部屋へ向かう。

「お邪魔しまーす！」

「いやあ、今、引越し中で大変なんですよ」

「わあー、広いですねえ」

玄関スペースは広くて、ゲタ箱は何十足も靴がはいる豪華さ。リビングにはソファやテーブルがあった。

（わあー、これがマスコミから叩かれている「備え付けの家具」だな）

週刊誌には、「ソファやテーブルなどの応接セット、机、椅子《いす》、カーテンなどが完備」と書かれていた。

しかし、洋室のクローゼットは奥行きが三十センチ。

「えー、これじゃあ、何も入らないですよね？」

「そうなんですよ」

六畳の和室にも押し入れがなく、キッチンは食器棚を置くスペースもない。高輪宿舎の方が収納スペースはあったという。

しかし風呂《ふろ》場の洗い場は広い。国会議員にはメタボリックシンドロームの人が多いから、太った先生達も安心して体を洗えるスペースだ。

「マカ」をプレゼントして、帰りにエレベーターに乗ると、張り紙があった。

「赤坂議員宿舎入居者議員各位　バス発車時刻の変更について。宿舎発議員会館着、一回目・七時四十五分↓七時三十五分。二回目・八時二十分↓八時十分。衆議院管理部管理課より」

一階の掲示板には、「落し物のお知らせ」が何枚も張られていた。

「サングラスの落し物が一階正面入口にありました」

「黒ぶちメガネの落し物がありました。二十八階東側集会場にて。お心あたりの方は一階防災センターまでお立ち寄り下さいませ」

(ヒャーッ！　こんなに忘れ物があるの？)

あまりの多さに仰天!!

まさか、先生達、ボケていらっしゃるのではなかろうか!?

みんなが行きたい旭山動物園

ウチの会社ではキャリアアップ支援のために海外や国内大学院留学のチャンスがあるが、英語力ゼロの私には全く無縁。メールがきても、すぐに削除していた。

そんなある日、また研修の案内がきた。英語や中国語、財務諸表分析やキャッシュフロー講座などがあり、その中に、「ロジカルプレゼンテーション研修　説得力のある話し方を身につけたい人」というのがあった。

(よーし！　聞き手の記憶に残る話し方を身につけ、もっと「マカ」を売ろう！)

研修当日は全国から四〇人の社員が集まり、六人ずつテーブルに座らされた。コンサルティングの先生の講義後、自己紹介の二分間スピーチや発声練習などを行なった。実際の練習では、ペットショップの店員になり、お客様に猫を勧める話し方をやらされる。

「猫は飼い方が楽です。吠《ほ》えないし、散歩に連れていかなくてもいいんです」

自分の話したいポイントを三つにまとめるよう指導され、家に帰った。ふーっ。

動物といえば、今、脚光を浴びているのが旭山動物園。十年前に年間二六万人の来場者数だったのが、三〇六万人に。その人気の秘密が、「動物達の姿をそのまま見せる行動展示」だ。

（この動物園こそプレゼンテーションの勝利じゃないか。一度行ってみたいなぁ）

そんなある日、旭川ロータリークラブから、「マカ」の講演依頼が！

「I課長、旭山動物園にも行ってきていいですか？」

「いいよ」

（わあー、ラッキー！）

健康食品事業部の農学博士、薬剤師、サプリメントアドバイザーらはスケジュールがぎっしりだが、私はノルマもなく会議はゼロ。一年に一回、人事考課での落ち込みさえガマンすればいつでも旅行に行けるのだ。これぞ、「窓際特権」！

当日、羽田空港からウキウキ気分で飛行機に乗る。旭川空港の上空からは見渡す限り緑の大地が広がる。夢にまで見た夏の北海道だ。

旭川ロータリークラブで、活力アップの「マカ」と、記憶力アップの「アラビタ」の話をすると、ロータリークラブの会長は大喜び。

「私は医者で泌尿器《ひにょうき》が専門ですが、すばらしい卓話を有難うございました。実は、私の姉の親友が小ネズミ部長の奥様と親しいんですよ」

「エーッ！ 小ネズミ部長の奥様とですか⁉ とてもおきれいな方ですよ」

「小ネズミ部長はお元気でいらっしゃいますか？」

「社内をチョロチョロ走り回ってますよ」

思わぬ展開に盛り上がる。その後、タクシーで旭山動物園へ。観光バスが何十台も駐《と》まり、何百人もの人！

早速、「おらんうーたん館」「チンパンジーの森」「さる山」、そして「ほっきょくぐま館」を見る。檻《おり》のない放飼場は巨大プール付きで、クマは真っ白でふわふわだ。

（わあー、かわいい！）

のっそり、のっそり歩いていると思っていたら、「どぼんっ！」とプールへ。

（キャー、泳いでる！ しかもこっちへやってきた！）

今までの動物園といえば、動物達は疲れているのか、全く動かなかったものだが、旭山動物園の動物達はみんな元気にイキイキと動いている。

「あざらし館」にある円柱水槽ではアザラシが自由に泳いでいる姿が間近に！

最後に「ぺんぎん館」に行く。空を飛ぶように気持ちよく泳ぐ姿が愛らしい。

旭山動物園で見つけたお土産は、動物の立体砂糖菓子が入った「旭山アニマルキャンディー」（一本一九〇円）、「ぷるぷる白クマ親子」のぬいぐるみ（九四五円）、「ペンギンのたまご」プリン四個入り（九五〇円）。会社へのお土産を買って、自分用には、「みんなの白くまロールケーキ」を保冷剤と一緒に包んでもらい大満足。

そして、「白くまシュークリーム」を食べながら、園内でのんびりリフレッシュ。

ふと時計を見ると、まだ夕方四時。旭川空港の飛行機は五時一五分発である。

（あー、今頃みんな会議をしているだろうなあ）

チラリと罪悪感がかすめたが、今度はソフトクリームをパクパクと食べ始めた。

天皇陛下のお食事会

先日、超おエライさんにお会いした。ダンディで、すてきな方だ。

以前、お目にかかった際、

「ご健康にいいですよ」

と、「マカ」をプレゼントしたことがある。

「サイトウさん、この間、天皇陛下から、お食事会にお誘いを受けたんですよ」

「本当ですか！　それ絶対、『マカ』のお陰ですよ！」

「そうかもしれません。何と、光栄なことに公式の食事会ではなくて、プライベートなお食事会へのお誘いだったんです」

わあー!!　皇居での会食はどんなメニューなのだろう？　和食だろうか？

よくテレビでは、海外の賓客との会食シーンでフレンチのフルコースを召し上がっているが……。豪華絢爛《けんらん》な銀食器や、シャンパングラスを想像する私。

そういえば、昔、軽井沢にお住まいの美しい貴婦人にお会いした時、「毎夏、皇太子ご夫妻が家に遊びにいらっしゃるのよ」と、こんなことをおっしゃっていた。

「ウチにいらっしゃるというので何をお出ししたらいいかと迷うんですが、旧軽井沢にある和菓子屋『ちもと』の蕎麦《そば》団子《だんご》をお出しすると、全部召し上がって下さるのよ」

当時、今上陛下がまだ皇太子の時代だった。

中軽井沢にあるプリンスホテルは、ご来訪の数日前から、門に警官が立つので、

「あっ、そろそろ皇室の方々がいらっしゃるんだな」

と、わかる。国道を走る黒塗りの車を何度も見た。

軽井沢は天皇陛下と皇后さまが出会われた思い出の地。天皇になられて以降は軽井沢にいらっしゃるのもままならなかったが、二〇〇三年、十三年ぶりにお二人が軽井沢を訪れて街は沸き立った。軽井沢町植物園や、鹿島ノ森を散策される様子がテレビで放映された。

両陛下は、プライベートのお食事会で、どんな素顔をお見せになるのだろうか？

日頃、雅子さま、紀子さまのニュースは女性誌が伝えるが、天皇陛下の私的なお食事風景を知る機会は全くない。

超おエライさんにいろいろとお聞きする。

「どういう手順で、皇居に向かうんですか?」

「宮内庁から電話があって、『当日、お迎えに伺います』と言われたので、てっきり自宅に来てくれると思ったら違うんです。宮内庁のお迎えというのは、『東京駅中央口で六時四十五分に迎える』という意味なんです」

「えーっ、じゃあ、わざわざ、ご自宅から東京駅まで行かれたんですか?」

「そうです」

「あのー、それって『迎え』って言わないのでは?」

「そうですよね」

恐るべし、宮内庁!!

会食のために、超おエライさんはどのスーツを着たらいいか悩んだり、事前に宮内庁へ同伴者のプロフィールを提出しなくてはならず大騒ぎ。

当日、天皇陛下からお招きを受けたメンバーが東京駅で待っていると、宮内庁の人が七人乗りのバンで迎えにきたという。

「どうやって宮内庁の人ってわかるんですか?」

「すでに私達の顔がわかっているようで、向こうから、ご挨拶《あいさつ》されました」

何と顔写真を入手しているらしい。007も真っ青のスパイのようだ！

「東京駅からはどんなルートで皇居に入るんですか？ 門では、警備の人に、名前や職業を名乗るのですか？」

「いえ、そのまま和田倉門からスーッと中に入れるんです。皇居は一一五ヘクタールもあって、とにかく広い。森ばかりで街燈もなくて暗い。温室が三つあり、天皇陛下がお好きな植物があるそうなんです。御所に入るとまた門があり、玄関に侍従の二人が待っておられ、中に案内されると、まず廊下があるんです」

「廊下はフローリングですか？ 靴は脱ぐんですか？」

「靴はそのままです。廊下はフサフサとしたグレーの絨毯でした。二〇メートルくらい歩くと、左手に、『待合室』という控えの間があって、『こちらでお待ち下さい』と言われ、お茶がでました」

「皇居のお茶って、桜の花が浮いていたり、金粉が入っていたりするんですか」

「普通の緑茶でしたよ。侍従の方が挨拶にこられ、『今日はこういう手順でまいります』と説明があるんです。『応接間の扉は開いています。両陛下が正面で立たれてお迎えされますので、部屋に入る時、礼をしてご挨拶をして下さい。応接間はこのようになっていますので、〝どうぞ〟と言われたら、この席順でお座り下さい』と、座る席が決まっているんですよ」

部屋に入る順番まで指示される。年齢順だという。

「さらに説明は続き、『応接間で、二〇分間、陛下とご歓談下さい。そうすると、隣の部屋との仕切りの襖《ふすま》が開きます。食卓はこのようになっています』と、食卓の図を示され、『陛下はこちら側、皇后陛下は陛下の斜め前にお座りになられるので、この席順でお座り下さい。食事が終わられたら、再び応接間にご案内しますので最初と同じ椅子《いす》にお掛け下さい。そこで二〇分間、ご歓談下さい。お帰りの合図は侍従がいたします。お帰りの際は車をご用意します』と、説明があるんです」

この環境に雅子さまは適応しなくてはならないんだな。

「美智子さまは、お着物でいらっしゃいましたか？」

「陛下はスーツで、皇后陛下は、普段着のスカートでした」

「えーっ、お客様との会食なのに、普段着のスカートのわけないですよ」

「そうかなあ。普通のスカートとブラウスだったけどなあ（頭をかしげるおエライさん）」

（このおエライさん、ボケとるんとちゃうだろうか？）

「指輪やイヤリングをなさってました？」

「あっ、そういえば、どこの奥さんでもしているような、普通の質素なネックレスをしておられたなあ」

普通の奥さんと同じアクセサリーのワケがないではないか。やっぱりボケている。

「お食事はどんな料理ですか？　フレンチですか？」

「和食です。食事は一品ずつ出されると思っていたら、黒塗りの本膳《ほんぜん》で、箸《はし》置きがあって、お箸があって」

「塗りのお箸ですか？」

「木の箸です。お膳が配られ、男性の配膳係の長が、お燗《かん》にした日本酒を陛下から順に注ぎ、そして陛下が、『どうぞ』とおっしゃって、みんなで『いただきます』と会食が始まったわけです」

どの食器も質素だが、品があり、すばらしいものばかり。メニューは、お刺身は鯛《たい》や鮪《まぐろ》など三種の盛合せ。かぼちゃや芋の煮つけ、豚肉の角煮、もずくの他に、二の膳は天ぷらで、海老《えび》やかぼちゃ、茄子《なす》など。奈良漬けや、大根、きゅうりなどのおしんこもあったという。

「お刺身のお醬油《しょうゆ》は小皿に入って出てくるんですか」

「皇后陛下が、『どうぞ』と、おっしゃって、醬油差しを手渡してくださったよ」

「それって緊張!! 手が震えて落としたら、大変なことになりますね」

「小鮎《こあゆ》の甘露煮もあって、甘かったなあ。天皇陛下は日本酒党でお強い。陛下は七杯くらい召し上がっておられたかな。皇后陛下は二杯くらいでした。ビックリしたのが、お吸い物が出たとき。料理長が耳元で、『おかわりはいかがでございますか？』って聞くんです」

「えっ、お吸い物って、おかわりできるんですか？」

「陛下も皇后さまもおかわりされていたよ。デザートはメロン。応接間では『コーヒーですか、紅茶がよろしいですか？』と聞かれました。皇后陛下が皇居に咲いている花を一輪挿しに生けておられ、美しかったなあ。帰るタイミングは、『侍従が陛下に耳打ちするのが合図』と言われていたのでご挨拶して部屋を出たんです。玄関には宮内庁のバンが迎えにきていて車が門を出るまでお二人が見送って下さり、感激しました。実は玄関に向かう廊下で天皇陛下から、『どうぞお先に』と言われ、陛下の前を歩いたんですよ。後ろから両陛下がゆっくりと歩かれるんですが、緊張のあまりスタスタと早く歩きすぎてしまい、反省しています」

天皇陛下が競馬場に!!

二〇〇四年は一〇五年ぶりの天皇陛下の競馬観戦というニュースに競馬ファンは大いに盛り上がった。だが、新潟県中越地震の被災に配慮して延期になってしまった。

今年こそ陛下は天皇賞にいらっしゃるだろうか?

陛下のスケジュールがわからないまま府中競馬場へ向かうと、すごい人ごみ。オッサン達は競馬新聞と赤ペンを持ちながらタバコをプカプカ。すごい煙だ。新スタンドはディズニーランドのようにオシャレな建物なのだが、あたりかまわず外れ馬券が捨てられ、酔っ払っているヨレヨレのオッサンばかりが目につく。

以前、イギリスのアスコット競馬場に行ったことのあるY子は、「英国王室が所有する競馬場だけあって、バラの花がついた帽子のご婦人とか、みんな優雅でエレガントだったよ。ヨーロッパは馬の歴史が日本と違うんだよ」と語っていた。

府中競馬場の雰囲気に陛下は驚かれるのでは?

昼食は「梅屋」のかけそば（二九〇円）と串カツ（二四〇円）を食べて、モルツをグイグイ。そして、「てもみん」に行く。朝、家を出る時、全身マッサージを予約していたのだ。

新スタンドの外に出ると、「この道路はもうすぐ規制されて歩けなくなります」と、メガホンで言っている。

本当に来場されるんだ！　遠くに見えるメモリアルスタンドにオバサン達が並んでいたので慌《あわ》てて走る。いつの間にか私達の後ろに何百人もの人が並び、広場はロープを張って閉鎖された。「警視庁」の腕章をつけた私服警官、「第一総合警備保障」の警備員が私達を制する。機動隊が立つと、

「アンタ、どいてよ！」

「見えないじゃない！」

オバサン達から怒声が飛び、オロオロする機動隊。メモリアルスタンド前の広場では箒《ほうき》とチリトリを持った人達がすごい勢いで馬券や落ち葉を掃除している。いつものゴミが嘘《うそ》のようだ。

待っている間、若い私服の警察官がみんなを諭す。

「一瞬ですから、なるべく多くの方々にご覧になれるよう、最前列と二列目は中腰に

なって下さい。三列目は脇《わき》から見て、それ以降の方は自然体で見て下さい」

「手を振っていいの?」

「皇后も一緒ですか?」

「このロープを出たら、私達、逮捕されますかあ?」

「冥土《めいど》の土産になるなあ」

みんなワクワク。

しかし、四十分も待つが、気配ゼロ。カラスがカーカーと鳴き、あちこちの赤ちゃんがグズりだす。すると、三歳くらいの女の子がワーッと泣き始めた。

私服の警察官はビックリ。

「お母さんはどこなの?」

遠くの新スタンドの大観衆を指さす女の子。警察官、絶句。

一時間も経《た》った頃、遠くから黒塗りの車がくると、大歓声。みんな狂喜乱舞。ローズ色のお帽子とスーツ姿の美智子皇后様。奥に天皇陛下が座っておられ、窓を開けて、お二人はにこやかに優雅に手を振られた。

「天皇陛下!」

「美智子さまあ!」

「競馬場にようこそお!!」

天皇陛下は身を乗り出し、大きく手を振られ、お優しいお二人の笑顔に大感動。

あっという間に車は過ぎ去り、わずか一秒だった。

「おきれいだったねえ」

「あっ、オレ、写真を撮るの、忘れちゃった！」

みんな大爆笑。すぐにメインレースの天皇賞が始まるので、みんなバタバタと投票所に走っていった。

翌朝、会社に向かう途中、知的財産部のH部長に会う。米国エール大学の博士研究員も経験した理学博士だ。

「おはようございます。昨日、天皇賞に行ったんです」

「どうだった？」

「武豊を買ったのに十四番人気の馬がきて大損！　三連単で一二二万円もついたんですよ。でも、天皇、皇后両陛下を目の前で見ました。すごくおきれいでしたよ。チリトリを持った人がスタンドの前をすごい勢いで掃除していて大騒ぎでした」

「ウチの研究所も皇太子様がいらした時、大変だったよ。大阪の島本町はそのために研究所前の道路を舗装したんだから（笑）」

危うし、老マンボウ

雪崩《なだれ》からの脱出

今年は平年の五倍もの積雪量と聞いて、スキー好きの私は大喜び。ウキウキ！

早速、一月二日から、両親と苗場プリンスホテルに行った。昨年のお正月も苗場に行き大満足だったのだ。

最初、父は行きたくないと渋った。母は私に言った。

「パパは家にいてもらう？」

「正月に一人ぼっちは寂しいよ」

「そうよね。パパは食べる気力もないから餓死しちゃったら困るしね。暖房が壊れて凍死しても嫌だしね」

それを聞いた父は、「餓死しても凍死してもいいから東京にいたい！」と、懇願したが、みんなで出発することに。苗場に着いて、午後から母とゲレンデに出た。急斜面もヘッチャラで滑降する母は、とても六十八歳とは思えない。

夕食後も滑り、ナイター終了後に打ち上げられる花火や、露天風呂《ぶろ》に大満足。

ところが翌日は朝から猛吹雪。こんな強風は初めて。横殴りの雪で前が見えない。

「もし、崖《がけ》から転落して、谷に落ちたらどうしよう」

と思ったら、パニックで貧血に。ところが猛吹雪の中、母は益々《ますます》、元気。

「ユカ、あなたって、ずいぶんと慎重に滑るのね」

「ママ、私、貧血みたいだから、もう部屋にあがる」

夕方五時半頃、母と私は部屋に戻り、私はベッドにひっくりかえってダウン。

すると、母が言った。

「あらリフトが止まったわ。風で危ないからかしら?」

貧血が治った私は、母と夕食後も滑るつもりだったが、ナイター営業は中止と言われ、部屋で、のんびりニュースを見ていた。

するとアナウンサーが語った。

「本日、夕方五時半頃、苗場スキー場で雪崩が発生し、監視小屋にいた従業員三人とスキー客九人が巻き込まれました」

「ママーッ! 大変! 苗場で雪崩があったんだって!!」

何と、ついさっきまで母と滑っていた第一高速リフトの降り場付近で、幅五メートル、長さ二十五メートルの雪崩があったという。
翌朝は豪雪のため、テンヤワンヤの大騒ぎとなった。部屋のドアノブには「悪天候で従業員が来館できないため、お部屋の清掃ができません。ノークリーニングの割引をさせて頂きます」との札がかけられ、「安全確認ができるまでリフトは運行を中止します」と館内放送がかかるとチェックアウトの客で長蛇の列。苗場プリンスは一七八二室の巨大ホテルのため新館も本館もフロントはグチャグチャ。

「私達の車、大丈夫かな？」

猛吹雪の外を見ると、ホテルの玄関前に放置された車があり、他の車が立ち往生している。

「大宮ナンバーのお客様、習志野ナンバーのお客様、至急、お車のご移動をお願いしますっ！」

と館内放送が何度も流れるが、持ち主は現れず。

ロビーでは、九割の客が、「大雪だから仕方ないね」と、平静だが、少数の怒りくるったお客さんは、「支配人いる？　苗場でスキーできなきゃ意味ないよ」と、イライラが頂点に。

昼になってチェックアウトの客が一段落したと思ったら、今度は午後二時チェックインの人達で大混雑。雪崩のため十七号線が不通で、湯沢駅までのシャトルバスのダイヤも乱れ、通常一時間弱で駅に着くのが、三時間半もかかるという。何か情報が入るごとに部屋に戻って父と母に相談するが、母はケロリとしていて、

「仕方ないから、今のうちに卓球に行きましょう」

とか、

「リフトが再開したらすぐに滑りに行きましょうね」

と落ち着いたもの。父はノンキにテレビ三昧《ざんまい》。

結局、母と卓球をやるが、「夕方までに東京に出発した方がいい」と、吹雪の中、駐車場に行くと、三メートルの大雪に覆《おお》われて自分の車がどこにあるのかもわからない。あたり一面、雪だらけ。雪を掘っても他人の車だったり。

ようやく車を見つけてもスッポリ雪に覆われドアを開けるのに悪戦苦闘。なんとかホテルを出発するが、雪崩のため迂回《うかい》させられゲッソリ。

しかし帰宅すると、元気印の母は言い放った。

「ユカ、こういうのが楽しい思い出になるのよ！」

ガイジンさんが親戚《しんせき》に

現在、結婚するカップルのうち、十五組に一組が国際結婚だというが、ウチの親戚にも、ついに国際化の波がやってきた。

先日、サンフランシスコに住む従妹《いとこ》のS子から電話があった。S子はアメリカのスタンフォード大でMBAを取得し、英語がペラペラ。ファッションメーカー「GAP」のブランドである「バナナ・リパブリック」で働いている。昨夏、結婚したアメリカ人のジェームズを日本の親戚に紹介するため、帰国するという。

（ヒャーッ！　大変!!）

実は、私はバンクーバーでの披露宴にも招待されていた。真っ白な美しい招待状はもちろん英語で、披露宴のメインディッシュが、「Fish・Beef・Chicken・Vegetable」と選べるようになっていた。それを見て不安倍増。

（わざわざ会社を休んでバンクーバーの披露宴に行っても、外人達が談笑する中で英語力ゼロの私が一人ポツンと佇《たたず》むのだろうか?)

出席したいが、外人ばかりの披露宴にビビった私。

すると、珍しく会社で会議の予定が入り、出席せずにすんだ。ラッキー。

こうして昨夏の危機を乗り越えたのに、今度は日本にまで来るとはどうしよう。今回の帰国ではS子夫妻と一緒に叔父夫妻、S子の姉T子も帰ってくるらしい。

土曜の晩、ウェスティンホテル東京に父と母と一緒に着飾って向かう。中華料理「龍天門」で、日本での披露宴をするという。

「ママ、ジェームズに何て、挨拶《あいさつ》したらいいの? How do you do? My name is YUKAとかでいいの?」

「それ、違うんじゃない?」

「じゃあ、I'm glad to see youかなあ?『結婚おめでとう』って英語で何て言えばいいの。Happy Weddingかなあ?」

「ママもわからないから、S子ちゃんに聞いたら?」

しかし、ホテルに着くなり、黒のスーツに身を包んだジェームズと、黄色のチャイニーズドレスを着たS子夫妻にバッタリ遭遇。

(たっ、大変! ちゃんと挨拶しなければっ!!)

アタフタしていると、ハンサムなジェームズが近づいてきて、私と握手をする。

青い目のジェームズは、

「×○△■◎×●○△×」

と、私に挨拶してくれたが何と言っているか全く聞き取れない。トホホ。

マジにチンプンカンプン。必死で知っている単語を羅列してジェームズと会話しようとするが、汗がザーッと背中を流れるのを感じる。

つっ、つらい!!

ジェームズは、今の会社の前には空軍（エアフォース）に勤務していたと聞いていたので、威圧感たっぷりの怖いアメリカ人を想像していたが、穏やかな雰囲気にホッとする。

披露宴では二人が立ち上がってS子が挨拶をする。

「今日はお忙しい中、私達のためにお集まり頂き有難うございます。これからよろしくお願い致します」

ヨタヨタの父が立ち上がって祝辞を述べる。

「小さい頃、S子ちゃんは、自分のことを一番美人だと思っていて、ウチに遊びにくると、鏡ばかり見ていました。ある日、『自分のこと、日本一の美人だと思う？』と聞いたら、『世界一の美人だと思う』と答えたので驚きました」

S子が通訳をすると、ジェームズはニッコリ。

バンクーバーでの披露宴は日本のような新郎新婦の紹介や主賓のスピーチはゼロ。ケーキカットをした後は半被《はっぴ》を着て月桂冠の樽《たる》酒の鏡割りをしたり、ダンスがあったり、自由な雰囲気だったらしい。

二十代の頃、ジェームズは交換留学生で新潟にいたが、真冬は大雪がつらくて、マクドナルドが唯一の楽しみだったという話も紹介された。

披露宴には、一昨年、心臓発作で危篤《きとく》になった九十一歳の祖母も元気で出席していた。祖母は豪華な中華料理を残すことなくペロリと平らげ、チャーハンを食べた後、

「この後、五目やきそばも出てくるのよね?」

と言って、親戚一同、爆笑した。

父とのハワイ旅行

毎日、鬱《うつ》で元気のない父をエンカレッジするために家族旅行を計画すると、父は猛反対。

「どこにも行きたくないから、絶対、やめてくれ〜」

母もそれを見て反対する。

「ウチにはそんなお金もないからやめましょうよ」

「だってパパが健康なうちじゃないと行けないよ」

母を説得し、父は反対し続ける気力もなく、ついにハワイ旅行が実現した。青空のもとで早く泳ぎたい！

しかし、ホノルルに到着すると、豪雨だった。雨季と知ってはいたが、こんなにひどいとは!!

ホノルルでアロハ航空に乗り換え、マウイに到着すると雨はさらに激しくなる。レ

ンタカー会社でミニバンを借りてスーツケースを積み込もうとするが、雨のため難行苦行の連続。ここは本当にハワイなのかっ⁉

ホノコワイにあるカパルアショアーズというコンドミニアムに向かう途中、スーパーマーケットに立寄る。

ハワイ通のT子から、

「ハワイで食べるカレーや素麺《そうめん》は美味《おい》しいよ。日本から塩、コショー、醤油《しょうゆ》、箸《はし》を持っていくと便利だよ」

と聞いていたので、一日目の夕食はサーモンのムニエル、二日目の昼食は素麺、夕食はチキンカレーと、メニューを決めていた。

日本を出発する際、母は、

「アメリカはBSEの心配があるからステーキを食べるのはやめましょうね」

と言っていたが、五ドルの肉を見た途端、カートに入れていた。マウイオニオンという甘い玉ねぎが有名だそうで、マウイオニオンのドレッシングやピクルス、ビールやジュース、果物をドッサリ買う。

コンドミニアムは三階建てのマンション形式で一階の部屋だった。二ベッドルームとリビングがあり、広い庭にはプールがあるが、雨のため誰も泳いでいない。キッチンには食器洗い機、コーヒーメーカー、炊飯器まであり、皿やフォーク、ワイングラスが六セットあった。

「パパ、マウイに来られて良かったね！」

私は最近の父の衰えを感じ、一緒に海外に来れるとは思っていなかったので嬉《うれ》しかった。しかし、父は疲れがひどく、全く嬉しそうでない。さすがに母も疲れたと、みんなで昼寝することに。数時間、爆睡《バクスイ》した後、時計を見る。

「キャーッ、大変！　もう夜九時だよ。みんな起きて！」

父はベッドでつぶやく。

「疲れたから今夜は夕食いらないや。このまま寝る」

「ダメ！　今夜はサーモンのムニエルを食べるの!!」

父を叩《たた》き起こし、大慌《あわ》てで母と夕食を作る。サーモンのムニエルはケッパーとレモンのバターソース。ステーキを焼いて、チキンスープやサラダも作る。広いキッチンは楽しい。スーパーで買ってきた「SHOYU・AHI・POKE」という鮪《まぐろ》の醤油《しょうゆ》漬けは日本人好みの味で、マウイゴールドというパイナップルはすごく甘かった。

しかし、外は雷雨なのだ。

「こんなにひどい雨が、明日、止《や》むかなあ」

予想通り、二日目も大雨だった。ガッカリ。朝食はチーズ入りのオムレツを作り、ケロッグのワッフルをトースターで焼く。雨で何もできずに部屋で昼寝。夕食はマウイオニオンを使ったチキンカレー。マウイオニオンのピクルスとの相性は最高だった。

三日目は小雨だったので、母と乗馬クラブへ向かう。

途中、先導役の女性に、

「少し馬を走らせますか？」

と聞かれ、私が断ると、乗馬大好きの母は不満げな様子。スーパー元気印の母にはつきあえない。

午後はウエスティンホテルへ移動し、「シュガーケイン・トレイン（さとうきび列車）」に乗りに行く。カアナパリとラハイナを結ぶ片道六マイル（三十分）の汽車で、機関車トーマスのような外観。鉄橋では、「ボーッ」という汽笛が鳴り、ノスタルジック気分になるが、今ひとつ心が浮き立たない。一度も泳いでないからだ。青空を求めて日本から遥々《はるばる》きたのに雨ばかり。しかも寒い。これが常夏《とこなつ》のハワイか？　父と最後の海外旅行かもしれないのに。

夕食で母は言った。

「ユカ、明日のシュノーケリング、キャンセルして」

「エッ、何で⁉」

「どうせ明日も雨だし、シュノーケリングに行っても魚はいないわよ。寒いのは嫌だから行きたくないわ」

四日目、母を説得してツアーに参加する。小雨の中、出航したプリンスクヒオ号の甲板は外人客ばかりで、日本人はみんな寒い寒いと、船内に閉じこもってばかり。一回目のシュノーケリングでは海に潜って、「海亀《うみがめ》を見た」と喜んでいたが、二回目のスポットに着く頃には、みんな船酔いでグッタリ。

しかし母は元気だった。

「ユカーッ！　早くいらっしゃいよ。何やってんの？」

海上から手を振っている。さらに、「スヌーバー」というオプションにも参加した。小船に積まれた酸素タンクに十メートルのホースがついていて、マウスを口に当てると息ができるという。ウエストに重い錘《おもり》をつけ、母と一緒に海に入るが、波は高いし、息ができない恐怖にかられ、私はすぐ海上に顔を出してしまう。

ガイドさんが心配する。

「大丈夫ですか？」

恐怖で泣きそうな私。

「落ち着いてからでいいですよ。しかしお母様、すごいですね。もう八メートルも下にいらっしゃいますよ」

「エーッ！　本当ですか？」

海中を覗《のぞ》いてみると、海底に元気な母がいた！

船では昼食にサンドイッチが出たが、私は船酔いで食べられなかった。一方、母はパクパク。ワインやマイタイも飲んでいた。

今回のハワイ旅行では、せっかく父をエンカレッジしようと連れ出したのだが、雨ばかり。せめて、くじらでも見せようと、「ホエール・ウォッチング」に申し込んだ。

だが、出発の五日目の朝も豪雨で、ツアーデスクから電話がかかってきた。

「この雨なので、九割方、キャンセルですが、一応、部屋で待機して下さい」

しかし、雨が小降りになったおかげで出航することに。他の日本人の団体客は昼食付きツアーのようで、サンドイッチを持っている。

船が出港すると、女性のガイドさんが説明をする。

「くじらが見えたら時計の時刻で案内します。船首を十二時とするので、三時と言ったら、右手の真横に移動して下さいね」

アナウンスが終わると、みんなすごい勢いでサンドイッチを食べ始めた。

外人客は甲板にいるので、私も二階に上がろうとするが、階段から転げ落ちそうなひどい揺れ。大海原を見て船内に戻ると、「ゲーゲー」と数人が吐いていた。それを見て私も船酔いに。

てっきり、すぐにくじらを見ることができると思っていたが、その気配はゼロ。時計を見ると、まだ三十分しか経《た》っていなかった。

(エーッ！　あと一時間半も船に乗るの!?)

酔い止めの薬を飲んできたがフラフラ。甲板で風にあたり、再び船内に戻ると、吐いていたオバサン達はマグロ状態で床に寝ている。「沈没する前のタイタニックのようだ」と思うと、船酔いがさらにひどくなる。

それなのに、父も母もケロリとしているではないか。

「どくとるマンボウの船って、このくらい揺れた？」

「いや、もっと揺れたけど、パパは平気だったよ」

突然、船内にガイドさんのアナウンスが流れた。

「今、一時の方向に、くじらが見えましたっ!!」

すると船酔いで寝ていたオバサン達がムクッと起き上がるではないか。さっきまで吐いていた袋を持ったまま甲板を走る。オジサン達は誰も起き上がらない。

「わあー、見えた!!」「死ぬ気で来てよかったわあ!!」

オバサン達から大歓声。

「今、三時の方向に親子くじらの群れがいます」

黒い尾びれが見えた! 父にも見せようと船内に戻るがヨタヨタで甲板まで歩けないので窓際に連れていく。水しぶきに歓声が上がる。

真っ黒なくじらの尾びれがチラリと見えた。

「パパ、見た? 見えた!?」

しかし父は黙ったまま。また尾が見える。

「うん、見えたよ!」

良かった! 涙が出た。

新年、危機一髪！

「正月は苗場プリンスホテルで両親と過ごそう」と、今年もまた予約を入れた。鬱病の父はどこにも行きたくないので、猛反対！　しかし昔から、「ホテルでのお正月」が夢だったので無視した。

ところが年末は雪不足。各地のスキー場がテレビに映されるが、山には雪がなく、枯れ野原でハラハラ。昨シーズンはすごい豪雪で、ゴンドラは止まるわ、雪崩《なだれ》になるわで、テンヤワンヤの大騒ぎだったのに。

それが、十二月二十九日の寒波で雪が降り、無事出発した。スキー場では、超スーパー元気な母と朝からスキー三昧《ざんまい》。ヨタヨタの父は部屋で留守番である。

夕食後は父達と卓球をやり、元気な母と十時までナイターを滑って花火を満喫。最終日の元旦《がんたん》の朝食では「おせちバイキング」を食べた。チェックアウトは十時だが、「せっかく雪が降ったのだから夕方まで滑って、夕食してから帰ろう」ということになった。

しかし、チェックアウトしてしまうと、昼間、父のいる部屋がなくなる。

「勿体《もったい》ないけど、もう一泊分の部屋代を払ってパパにいてもらおう」と、父を部屋に置いてスキーに行き、夕食後に出発となった。母が車に乗りながら言った。

「ユカ、今年は全《すべ》てうまくいって怖いくらいね！」

「じゃあ、出発するね！」

しかし、カギを回しても、エンジンがかからない。

「大変！　車が動かない!!」

「ユカ、バッテリーがあがっちゃったんじゃない？　大丈夫。ちゃんと動くわよ」

ところがホテルの担当者がみてくれても動かない。

「えーん！　嫌な予感！」

すでに夜十一時。寒い中、父達を待たせるのも悪いので、チェックアウトをした部屋に戻ってもらうことに。父の車椅子《いす》を押す母の背中を見て申し訳ない気持ちでいっぱい。今日は、めでたい元日なのに。

アタフタと車の緊急連絡先に電話すると、一時間程で担当者がきてくれるという。不安な気持ちのまま、部屋で待つ。

（もし、万が一、車が動かなかったら、明日はどうやって東京に帰ろう……）

父は歩くのが大変だから、ホテルで車椅子を借りているのだ。しかも明日はUターンラッシュ。車が動くか動かないかわからないので父達は服を着たまま、ベッドの上に寝ころんでいる。

（えーん。何で元日にこんなことになるの？　トホホ）

すると携帯電話が鳴った。大慌てでホテル入口に降りていくと、大型トレーラーから若者が降りてきた。

「山を四つも越えて、三国峠の方からきましたっ！」

何とバッテリーではなく、他に原因があるというので、車を預けることに。

「東京までの配送料は十二万円になります」

ガーン!!　ついこの間、車検に出したばかり。その後も助手席の窓が開かなくなったり、ドアミラーが動かなくなったりでトラブル続出なのだ。トホホ。

結局、スキー用具はそのままに、コートと洗面用具だけ出して、車はワイヤーロープで大型トレーラーに固定され持っていかれた。

（マジに、明日、どうやって父達と東京に帰ろう？）

ホテルに相談すると、車椅子を貸してくれて、後日、宅配便で返却すればいいということになった。寝たのは深夜三時だった。

翌朝、ホテルから越後湯沢駅までバスで四十分。みどりの窓口はUターンラッシュで長蛇の列！　寒風の中、バタバタとホームに走り、新幹線の自由席に並び、ギリギリセーフで席を確保できた。ふーっ。

帰宅するなり父に、

「パパ、お正月に家にいて、ボーッとしているより、百倍、面白いことがあったから行ってよかったね!!」

と恩着せがましく言うと、鬱病の父は、「うん」と、嬉しそうだった。

父との節分

もうすぐ節分だ。

ウチは私が小さい頃から、父が躁病《そうびょう》になったり、鬱病《うつびょう》になったりとややこしい家で、家族で一緒に海水浴や遊園地に行った思い出はゼロ。商社マンの家に生まれ育った母は古風な人で、結婚したら幸せになれるものだと信じていたのに裏切られた格好だ。

母はせめてもの抵抗で、クリスマスや正月など、家族の行事を大切にしていて、節分には必ず豆まきをした。夕食が終わると、父は私が作ったお面をかぶり、大声で庭に豆をまく。

「福は内！　鬼は外！　鬼の目ん玉、ぶっつぶせ！」

父があまりに大声なので、照れくさくてクスクス笑うと、父はもっと張り切る。

「鬼の目ん玉、ぶっちゅぶせ！　ぶっちゅぶせと言ったら、ぶっちゅぶせ！」

母も私も真似《まね》て、

「福は内！　鬼は外！　鬼の目ん玉、ぶっちゅぶせ！」

と大声を出した。

当時、飼っていたマルチーズのコロは何が起こったのかとワンワン吠《ほ》えるので、母も私も大笑いした。

父の言葉が豆まきの定番台詞《せりふ》だと思っていたが、友達から、そんな言葉を使う家はないと聞いてビックリ。

「パパ、豆まきであんな台詞を言う家はないらしいよ。何であんな言葉なの？」

「パパもおじいちゃまが考えた言葉だとずっと思っていたら、山形地方ではああ言うんだって。この間、テレビでやっていたよ」

私が大学生になると、デートやコンパで帰宅が遅くなり、豆まきをやらなくなったが、父が年をとったので、「今のうちに家族の思い出を作ろう！」と、十五年前から復活した。二月三日は残業をしないで早く帰宅する。夕食を食べ終わると、母は、「寒いわね」と言いながらイソイソと窓を開ける。父は腰痛《ようつう》のため、杖《つえ》をついてヨタヨタだが、それでも、みんなで豆をまく。

翌朝、会社に行く時には豆が玄関や庭に散らばっているのがおかしい。

しかもこの数年は、豆まきだけでなく、「恵方巻《えほうまき》」を食べるのが加わった。私はセブン－イレブンが大好きで、朝の通勤途中、おにぎりを買って会社に行くが、数年前から店に、恵方巻が置かれるようになったのだ。

関西発祥の習慣だそうで、「恵方」と呼ばれる方角を向き、「太巻きを無言で食べると福が訪れる」というもの。太巻きには、「福を巻き込む」との意味が込められており、太巻きを切ると縁が切れ、しゃべると福が逃げてしまうという。恵方は東北東、西南西、南南東、北北西など年ごとに変わり、二〇〇七年の方角は北北西だ。

去年は早目に注文すると、磁石が貰《もら》えた。夕食の時、父と母に、

「今から南南東を向いて食べてね。途中でしゃべると、福が逃げちゃうから、パパもママも、絶対、しゃべっちゃだめだよ」

と言いながら、三人で、太巻きを食べた。太巻きを食べるのは時間がかかる。無言で食べる時間の長いことといったら！

必死でかぶりついている父や、頬っぺたをパンパンに膨らませて食べている母を見ると、あまりのバカさ加減に笑いがこみ上げてきて、私は玄関に行って一人で黙々と食べた。

ようやく私が食べ終わり、

「バッカみたいだね、この行事！」

と言うと、母も言った。

「ユカ、この太巻きを一人で食べるのって無理よ」

「パパ、どうだった？　美味《おい》しかったでしょ？　これで、福がくるんだってよ」

「ボク、もうイヤだ！」

父が言ったので、みんなで大笑いした。昨年はセブン-イレブンだけで、三百六十七万本が売れたと新聞に出ているのを読み、

「エッ!?　三百六十七万人が黙って太巻きを食べたの？　平和ボケ日本だなあ」

と驚愕《きょうがく》したが、実は、今年もすでに申し込んでいる。今から会社の帰りに引き取るのが楽しみ。今年もオマケは磁石だ。また三人で黙々と食べるのか？

父もいつかは死んでしまう。こうやって家族で笑ったり、バカみたいなことを一緒にできるのは、あと何年だろう。

河津桜

世田谷・羽根木《はねぎ》公園の「梅まつり」は、連日、大賑《にぎ》わいだ。公園内ではラーメンや焼きそば、焼き鳥などが売られ、梅大福、梅饅頭《まんじゆう》、梅ゼリー、梅ジュースが人気商品。ラーメンを食べた後は園内を散歩する。

梅にはいろいろな種類があって、なかなか楽しめるのである。老夫婦がお孫さんと一緒に梅を愛《め》でる姿を見るとジーンとなる。

(人間の幸せはお金じゃないなあ。こうやって元気に公園にきて、梅を見ることができたら、それ以上の幸せはないのではないか)

父は足腰が弱り、家から十分の公園までが歩けない。

そして私がこの季節に好きなのが河津桜である。カンヒザクラと早咲きオオシマザクラの自然交配種だそうで、伊豆急行「河津駅」に降りると、ピンクの桜並木がぼんぼりのように愛らしい。青空の下、ピンクの桜と黄色の菜の花のコントラストが楽しめる。

先日、「河津桜まつり」に行ったら、例年よりも早く満開だった。私が楽しみなのは、「花より団子」。屋台での食べ歩きである。河津川の周りには、民家がたくさんあり、家々の玄関には、「お弁当あります」とか、「桜饅頭あります」と立て看板が出ていて、お弁当や桜饅頭、ポンカンが売られている。

(他の季節は、ただの家なんだろうなあ)

この季節だけ、売店になるのが妙におかしいのだ。

玄関前では、その家のお嬢さんなのか、アルバイトなのか、若い女の子がお盆の上に桜饅頭を載せて、

「桜饅頭、美味しいですよ！　味見、いかがですか？」

と、試食を勧めてくれる。私はまず饅頭や干しアンズを試食し、甘いのが続くと、梅干を食べたり、しじみの味噌汁《みそしる》を飲む。一本三百円のサザエの串焼きを食べながら、そぞろ歩きをするのが楽しい。しばらく歩くと、また売り子さんがいて、

「日本テレビで紹介された桜饅頭です」

と言うと、観光バスできたオバサン達がドーッと集まってきて、あっという間に饅頭はなくなってしまった。のどかな風景なのである。

伊豆でひと足早い春を満喫して、大満足で家に帰ると、庭先に河津桜が三輪、咲いているのに気づいた。

（わあー、ついに咲いた！）

五年前、河津桜を見に行った時、八十八歳の祖母が心臓発作で入院中だったので、「元気になってほしい」と、河津桜の苗を買ってきて植えていたのだ。

しかし苗を買ってきた晩、母とバトルがあった。母が、「庭に桜を植えると家が壊れる」という信念を持っているのを初めて知らされた。

「こんな苗、植えるところ、ないわよ。家が壊れるから」

「河津桜ってピンク色で、かわいいんだよ。早くに春を感じられるし、おばあちゃまの退院もお祈りしたいからどこかに植えたい」

母が「植えさせない」と言って大モメ。結局、家から一番遠い、庭の端っこに植えさせてもらった。

ところが、一年後の春は、葉が五枚だけ。その後も、毎年、葉は出るが、つぼみもつかない。母が枝先を切ってしまうのが原因だった。それが今年ついに念願叶《かな》って咲いたのである！　大感激！　食卓にいた父を呼ぶ。

「パパ、かわいいでしょ！」

「うん、かわいいねえ」

二人で顔を見合わせて、ニッコリ。するとお友達とのランチから母が帰宅した。

「ママー！　ついに河津桜が咲いたよ。ほら見て！　ピンク色でかわいいでしょ！」

「かわいいわね。でも桜って、家を壊すのよ」

「まだそんなこと言ってるの？　幹は直径五センチしかないんだから、家を壊すわけないじゃん！」

ブチきれる私。何故《なぜ》、母はこうも頑固なんだろうか！

「ユカは桜のことがわかってないのよ。あっという間に大きくなって大変よ」

「この小さな桜が大きくなって家を壊す頃には、ママも私も生きてないんだから、もうそれ以上言わないで！」

「あっ、それからね。桜はアメリカシロヒトリという虫がつくのよ。あなた、虫がついたら消毒してね。ママは知らないからね」

こんな母も、昔は花のように可憐《かれん》だったらしい。

危うし、老マンボウ

森光子さんや瀬戸内寂聴さんなど、八十歳を過ぎても現役バリバリで、文化勲章まで受章された。

そんなスーパー元気な高齢女性が増えている。女性は夫に先立たれると、「私が健康で幸せに生活することを、主人が喜んでくれるから」と、若返っていく。

一方、中高年で妻を失った男性は病気になったり、老《ふ》け込んだり、さらには亡《な》くなったりと、まるで正反対になるらしい。

今年九十四歳になる祖母も、祖父はとっくに亡くなっているが元気いっぱい。

一月に祖母の家に遊びに行ったら、

「ユカちゃん、最近、節分で恵方巻が流行《はや》っているのを知っている？　おばあちゃまは関西出身だけど、その昔、近所の子供達が太巻きを丸かじりするのにビックリしたものよ。久しぶりに作ろうと思っているの」

と、一人暮らしなのに、太巻きを作るというのを聞いて仰天した。祖母は入れ歯でなく、全部、自分の歯なので堅いたくあんでも食べられるし、足腰も丈夫。美容院に行くのに杖《つえ》もつかず、電車に乗って行く。

しかも、祖母は、「要介護2」だったのがどんどん元気になるので、「要介護1」に軽減されたと笑っていた。九十三歳なのにこんなことってあるのかとビックリ！

その祖母のDNAを受け継いだ母はもちろん元気いっぱいで乗馬までやっている。

正月に家族で苗場へスキーに行ったが、もっと滑りたいと言い出した。

今年はどのスキー場も雪不足だが、「飛驒《ひだ》高山なら雪があるみたいだから」と、父を置いて、さっさとスキーに行ってしまった。

母は生協で無農薬の野菜を買う程、健康に気を遣っているから、体調万全！　鬱《うつ》病《びょう》で元気のない父に対し、いつもエラソーだ。

そんなある日、私が帰宅すると、母が怒っていた。

「ユカ、聞いて！　パパったらママが一生懸命に食事を作っても、『美味《おい》しい』とも『まずい』とも、何も言わないのよ。パパの健康のために肉団子のスープを作ったり、ほうれん草のおひたしを作ったりしているのに、『あー、こんなに食べられない』とぼやいてばかりで」

そばにいる父はうなだれるばかり。鬱病なので、母に言い返す気力もない。

母の怒りはおさまらず、食卓で新聞を読んでいる父に向かって宣言した。

「あなた、そんなに食事をするのが嫌なら、もう私は作りません！　今は栄養剤とか、健康食品とか、いいのがたくさんあって、それを三粒飲めば死なないんだから、そうしたらいいじゃないですか！」

母はサッサと風呂《ふろ》場に行ってしまった。呆然《ぼうぜん》とする父に向かって私は言う。

「パパ、ママを怒らせたらまずいよ。一生懸命に食事を作っているんだから何か感想を言わないとダメ。オウムみたいでいいんだから、『あー、美味しい。あー、美味しい』って言わないと、大変だよ」

「あー、そんなこと、いちいち言えないよ」

「じゃあ、毎日、ママの小言を聞くのとどっちがいい？」

一瞬、父は考えて、

「わかった。じゃあ、ユカの言うとおりにする」

と答えた。

両親の様子を見て、「年老いた夫婦が一緒に暮らすのは大変だなあ」と思う。

その昔、父が躁病《そうびょう》になり、株の売買に明け暮れた挙句、

「喜美子《きみこ》は作家の妻として失格だ！　家を出ていけ！」

と暴言を繰り返したものだが、今や夫婦の力関係は完全に逆転してしまった。

社交好きの母は連日、友人とランチ三昧《ざんまい》。

「ママ、毎日、お友達と、出かけすぎだよ」

「だって、パパが亡くなった後、お友達がいないと寂しいでしょ」

「えーっ、そんなこと言ったらパパに悪いよ。かわいそうだよ！」

「あら、だって、ママより十歳年上だから、普通の感覚で言ったのよ」

私が生まれて間もない時、父がニューカレドニアに取材に行くと聞くと、母は心細いと泣いていたらしい。今や小鳥が変じて鷲《わし》になった感がある。ああ、女はここまで強くなるのか！

超女の時代

私の母は馬が大好き。馬に乗るのも好きだが、走る馬を見ているだけで幸せになるというので、五年前からオークスなどのレースを母と見に行くようになった。

馬券はとれなくとも、府中競馬場の雰囲気がたいそう気に入った母は、周りのおばさま方にその楽しさを吹聴《ふいちょう》したらしい。

「お友達から、『競馬場に行ったことがないから連れて行って』と言われているの」

「せっかくならダービーにお誘いしたら?」

「そうね、それがいいわ」

毎晩、夕食後、母はおばさま方への電話で忙しい。

「競馬場は日差しがすごいから帽子をかぶっていらしてね。階段に座るから、ハンドバッグでなく、リュックや、ズボンがお勧めですよ」

ダービー当日、母と京王線に乗り、明大前駅で母の友人Kさんにお会いした。

日頃は、上品でシックな装いのご婦人が、母に言われたとおり、帽子にズボンとリュック姿である（笑）。

「私、競馬場なんて初めてでウキウキしてます！　主人から、『ダービーで、この馬とこの馬を買ってきて』と頼まれたんだけど、馬券の買い方がわからなくて」

「大丈夫ですよ。受付では馬券の買い方についてのパンフレットをもらえますから。頑張って下さいね！」

府中競馬正門前駅に到着すると、あと二名の奥様方が合流し、四人のおばさま方とうちそろって入場する。新しく完成した「フジビュースタンド」が目の前に聳《そび》え立っている。

「わあー、すごい建物！」

新スタンド前には小さな馬場があり、栗毛《くりげ》の馬が走り回っていた。その愛らしいことといったら！

土産コーナーではダービーのマークを入れたバッグなどが売られているが、私のお気に入りは、馬の「まきばちゃん」のぬいぐるみ（五百円）。栗毛と芦毛《あしげ》の二種類があって、ふわふわの感触がすごくかわいい。

母達はスタンド内を見学するというので別行動に。ピクニックシートを持って、五階のテラスに場所取りに行く。周りでは赤ペン片手にオジサン達がカップ酒を飲んでいて、朝から酔っ払っている。テラスはホテルのようにお洒落《しゃれ》だが、馬券があちこち散らばっており、このグチャグチャで汚い様子がたまらなく楽しい。

早速、「梅屋」で串カツ（二百五十円）とモルツを買って、朝からグイグイ。朝のビールは最高だ！ ランチは、鉄板でジュージュー焼いた肉が載っている、「ペッパーランチ」のステーキ重（千円）が美味しい。

私にはもう一つ、競馬場での楽しみがある。必ず、「てもみん」のマッサージを昼休みに予約しておくのだ。三十分以上なら、椅子《いす》席でなくベッドが予約できるので、三十分か、五十分コースを予約する。Tシャツと短パンも無料で借りられる。一レースから四レースまでやって、酔っ払ったところでマッサージをされ、スヤスヤ眠るのは至福の時間！

さて今年のダービーには皇太子様と安倍総理夫妻も臨席された。安倍総理はアッキーと大群衆に向かってにこやかに手を振るが、「こんなに大変な時に競馬場なんてきていいの？」とビックリ！ しかも、この日は、白鵬《はくほう》が全勝優勝で横綱昇進を決めた。国技であり内閣総理大臣杯の贈呈があるのに、そっちは代役でいいのかと、余計な心配をする。

ダービーの結果はご存じの通り。八四七〇頭の頂点に立ったのはただ一頭の牝馬《ひんば》ウオッカだった。それも桁《けた》違いの末脚を見せての圧勝。牝馬がダービーを制したのは六十四年ぶりだそうで、「女の時代」を象徴するような快挙だった。この上は是非ともディープインパクトが涙を吞《の》んだ凱旋門《がいせんもん》賞を勝って欲しい。奇《く》しくも同じ日、日本の女流監督河瀬直美さんがカンヌ映画祭でグランプリを受賞した。さらに森理世さんがミス・ユニバース優勝!! 大和撫子《やまとなでしこ》パワー恐るべし。

そうそう、かのおばさま方四人組もレース後、そろって意気軒昂《いきけんこう》だった。

「ユカ、すごく楽しかったわ。みなさんに感謝されて。ママ達、競馬にハマりそうだわっ!!」

長寿の秘訣《ひけつ》

日本人の平均寿命は女性が八五・五九歳、男性が七八・六四歳で、男女とも五年連続で過去最高を更新中だ。これからは長寿だけでなく、どうしたら寝たきりにならず、ボケることなく、最後まで健康で過ごせるかを考える時代だ。

数年前の正月、一人暮らしをしていた当時九十歳の祖母が危篤《きとく》になった。しかし、今ではすっかり元気になり、先日は母と京都旅行にまで行ってきた。高齢の祖母が、何故《なぜ》、無事で生還できたのか、ボケていないのかを考えてみた。

あの日、私は両親と軽井沢プリンスホテルにスキーに行っていた。叔父から電話があって、ビックリ仰天。テンヤワンヤの大騒ぎで東京の病院に駆けつけると、祖母は意識不明の重体。

「ご高齢なので、いつ容態が急変するかわかりません。覚悟して下さい」

と、先生に言われた。

急遽《きゅうきょ》、母は病室に寝泊まりすることになり、カナダに住んでいる叔母や、その娘のT子とS子も緊急帰国して、

「おばあちゃま、目を開けて。死なないでー!!」

と、みんなで号泣した。祖母は肺炎まで併発し、血圧は低下し、危険な状態に。母は弟である叔父に命じた。

「一応、最悪の場合に備えて葬儀屋さんを探して」

しかし、叔父がグズグズとためらって探していないのがわかると、

「何で早く探さないのよ。こんな時に長男のあなたがしっかりしてくれないとダメじゃない!!」

と、大激怒。むっとする叔父。テレビドラマより深刻な姉弟のバトルとなった。

ところが半年後には退院したのである。パチパチ!!

退院後は、また一人暮らしをさせるのが不安だったが、長男である叔父が熟年離婚したので、祖母と一緒に暮らすことになった。

昨年一月には、雪が降っているのに近所の八百屋に出かけたのが発覚し、母は祖母に向かって激怒。

「お母様、雪で転んだりしたら危ないじゃない！　お年寄りが大腿骨《だいたいこつ》を骨折して、そ

れがきっかけで寝たきりになるのが一番多いのよ」

「白菜の漬物を漬けたかったから、買いに行ったの。八百屋さんに新年の挨拶《あいさつ》もしていなかったし……」

「新年の挨拶なんてどうだっていいじゃない！」

叔父はうんざりした面持ちで言った。

「おふくろは今まで好き勝手に生きてきて、自分のやり方を変えられないんだから放っておくしかないよ」

祖母は六十五歳の叔父に対しても、「カラダにいいから食べなさい」とか、「早く寝なさい」と、子供扱いするので、叔父はうんざり。

しかし、いつかは祖母が危篤になる日が必ずやってくる。また親戚《しんせき》同士の騒動があったり、みんなで泣く日がくるのだ。あの騒ぎが繰り返されるのかと思うとイヤになる。他人事《ひとごと》だと思っていた介護が、ついにウチにもきたと実感する。

祖母が入院した病院では、八十代、九十代の女性の患者さんのご主人は全員がすでに亡くなられていて、女性の長寿を実感した。

祖母が生還できた理由の一つは、「入れ歯でなく、全部、自分の歯であること」だと思っている。

祖母は酸素マスクがとれた後、病院の食事をパクパク食べていた。焼き魚や、煮物もヘッチヤラだった。

そういえばウチの会社の研究者は、「長寿の秘訣は食にある」とよく言っている。毎日、肉と魚をバランス良く食べることが大切で、豚肉やレバー、鶏卵には人間に欠かせないアラキドン酸が含まれていて、脳の機能低下を改善する働きがあるという。祖母はステーキやうなぎ、焼き肉が大好きだ。だからボケないのだろうか？　脳を若々しく保ち、体力があるので、病気をやっつけることができるのだろう。しかも、毎日、買い物に行っていたから、足腰が丈夫なのも大きい。毎日の積み重ねが大切なのだ。

今年の正月でも、大正三年生まれの祖母は、

「いやあねぇ、また生き延びてしまって恥ずかしいわ。死にそこなったわ」

と、ケロリと笑っていた。

恐るべしである。

アラキドン酸パワー

会社から帰ると母が言う。

「来週、おばあちゃまと、旅行に行ってくるから」

「旅行なんて行けるの？」

「大丈夫よ。すごくお元気だから。新緑の季節に富士山を見せてあげたいの」

危篤だった祖母・美枝は奇跡的に回復し退院。しかも、「要介護2」だったのがどんどん元気になり、「要介護1」になるほどだ。

祖母が退院する際、お医者様が言った。

「おばあちゃんは、日頃からの基礎体力があったから良かったんですよ」

祖母は入れ歯でないので、タクアンも食べられるし、ステーキなど洋食が大好き。

「ピザハットにピザを頼むから遊びにこない？」

と誘うと、イソイソやってくる。「お寿司《すし》をご馳走《ちそう》する」と言っても遊びにこないのに、ステーキやピザだとすぐにくるので、母が笑う。祖母の健康の秘訣は「肉食パワー」なのだ。

そういえば八十五歳で『秘花』という凄《すご》い小説を書かれた瀬戸内寂聴先生は、お肉が大好きで、「毎日のように食べます」とおっしゃるのをテレビの番組で見た。

（うーん、素晴らしい小説はステーキのおかげなのか）と、私は自慢の三段腹のブヨブヨをさする。

そんなある日、朝日新聞（四月二十一日付夕刊）に、「脂肪で『脳の健康』を守る」という記事が出ていた。

「アラキドン酸という、不飽和脂肪酸のほうは、ご存じだろうか。こちらも脳の発達や若返りにかかわるとされ、ウシやブタの肉、鶏卵などに多く含まれる。（略）ＤＨＡやアラキドン酸は、どちらも脳の細胞膜にたくさん含まれている。ヒトはこれらの物質を体内で合成できないので、食物から取るしかない。脳にはかけがえのない物質なのだ」

（わあー、アラキドン酸って、そんなにすごい成分なんだ！）

ウチの研究者らは、「アラキドン酸（ＡＲＡ）がカラダにいい」という学会発表をたくさん行っている。

第二十九回日本神経科学大会では、「アラキドン酸による脳機能の若返りに神経細胞膜の流動性が関与している」と発表したり、学習・記憶能力改善効果があるという研究成果を得ている。

現在、「脳トレーニング」が人気だが、頭を鍛えるためには頭にも栄養を取らないといけないそうで、極端なダイエットはボケたり、脳の健康によくないらしい。

現在、生活習慣病の引き金として注目を集めているのが、「メタボリックシンドローム」。しかし、無茶なダイエットはバカになる!?

高齢の方が病院に行くと、お医者様から、

「もっと痩《や》せないと、糖尿病になりますよ」

とよく言われる。

そうすると日本人は真面目《まじめ》だから、すごい勢いで食事療法を始めるそうだ。

「肉は太るし、毒だ!」と、口にするのは豆腐とほうれん草のおひたしとワカメ、味《み》噌《そ》汁だけ。

その結果、体重は落ちるが体力も落ち、風邪を引いたり、他の病気を併発して寝込んだり、ボケたり、いろいろな弊害があるらしい。

母が旅行から帰ってきた。

「楽しかった？」

「雨で富士山は見えないし、ひどい天気だったわ。しかも、おばあちゃまったら、待ち合わせ場所の新宿高速バスターミナルまで歩いてきたのよ。浩二おじちゃまが車で送るって言ったのに、『一人で行けるわ』って、電車でいらしたの」

「九十三歳なんだから階段でころんだら大変だよ。老人が寝たきりになるのは骨折が原因なんだから」

「でしょ？　ママもハラハラしちゃったわ。でもファーストキッチンのベーコンエッグバーガーとフライドポテトを持っていったら、すごく喜んでくれて嬉《うれ》しかったわ」

翌日、疲れを知らぬ母は乗馬に行った。母はよく馬から落ちる。七十歳の母の方が心配だ。

しかし、もっと心配なのが鬱病でヨタヨタの八十歳の父である。

狐狸庵vs.マンボウ

狐《こ》狸《り》庵《あん》vs.マンボウ

日本ペンクラブから電話があった。

「栃木県大田原市で講演を企画しており、『愛する人』がテーマで、遠藤龍之介さんと二人でお父様について対談して欲しいのですが」

遠藤龍之介さんは遠藤周作先生の一人息子で、現在、フジテレビの取締役だ。

私は小さい頃から、父と母が「龍ちゃん」と呼んでいるのを真似《まね》て、「龍ちゃん」と呼んでおり、「龍之介さんとなら緊張しないかも」と、お引き受けした。

その昔、夏になると、遠藤先生の別荘が近いので、両親に連れられて、夕食後によくお邪魔した。遠藤先生の別荘は中軽井沢の鬱蒼《うっそう》とした森の中にあり、応接間の大きなガラス窓から美しい森を見下ろせる豪華な造りになっていた。

私は遠藤先生を「遠藤さんのおじちゃま」、奥様のことを「遠藤さんのおばちゃま」とお呼びしていた。

遠藤先生の奥様はいつもニコニコとされており、

「まあユカちゃん、大きくなられて。さあ、どうぞ！」

と、リビングの奥にあるソファに案内された。

劇作家の矢代静一《やしろせいいち》先生のご家族と一緒になることが多く、現在、長女の矢代朝子《あさこ》さん、次女の毬谷友子《まりやともこ》さんは女優として活躍されているが、当時はまだ子供だった。テーブルにはウイスキーやブランデー、酒のツマミがあって、難しい文学論を語ることもなく、みんな楽しそうに笑っていた。

集まりの中には、元・宝塚の女優さんもいらして、黄色いドレスに女装した矢代静一さんと一緒に、「すみれの花咲く頃」を艶《あで》やかに合唱すると、

「うまいもんだなあ！」

と、遠藤先生は大喜び。

父が得意の清水の次郎長を唸《うな》ったり、「僕、どくとるマブゼでちゅ！」と変な医者のマネをしたり、「♪タンタン狸《たぬき》の金の毛は〜」と大得意で歌うと、遠藤先生は、

「ユカちゃん、あんなに変な人がご自分のお父様で、恥ずかしくない？」

と、大真面目《まじめ》で質問した。しかしそう言う遠藤先生も「モンキーダンス」という猿の物真似をしたり、髪が薄くなるのを気にされていて、

「この間、ヘアームースだと思って髪にぬったら、お手伝いさんのワキの下の脱毛クリームで大変だった」

という話を暴露され、矢代夫人をはじめ、母も子供達も涙が出るまで笑いころげた。

現在、私の手元には幼い私達が大口を開けて笑っている写真が残っている。

大人達がウイスキーを飲んだり、煙草《たばこ》を吸って、ふざけている姿を見て、

「大人になると、こんなに楽しい世界があるんだ」

と、幼な心に思った。

饗宴《きょうえん》は十二時になっても、一時になっても終わらない。私は眠い目をこすっていた。

すると遠藤夫人が、中学一年生の一人息子の龍之介さんに向かって言った。

「龍之介、もう遅いから、そろそろ寝なさい」

しかし、楽しいおしゃべりが続くため、子供部屋に行こうとしない龍之介さんに対し、六歳だった私は呼んだ。

「あっ、龍ちゃん、一人で、子供部屋に行くのが怖いんでしょう？」

東京の夜と違って軽井沢の夜は恐ろしく静寂だ。幼い私はお風呂《ふろ》に行くのもトイレに行くのも怖くて、いつも母に、「ママ、一緒にきて」とせがんでいたから、龍ちゃんも怖いのだと思った。

龍ちゃんは私に、「違うよ、ボク、ちっとも怖くなんかないよ!」と、憮然《ぶぜん》として言った。二人の子供の会話に、大人達が大笑いした。

毎夏、楽しかった軽井沢の日々が続いていたが、遠藤先生が亡くなられ、奥野健男先生、矢代静一先生、辻邦生先生と、父と親しい方が次々と逝かれた。

父は昔の楽しかったことを思い出すのがつらいと、近年は、あんなに好きだった軽井沢へ行くのを渋るようになった。

あのすばらしかった夏を、今、龍之介さんはどう思っているのだろう。昔の軽井沢のことや遠藤先生のことを話したことはない。私は期待と不安に心が揺れた。

栃木県大田原市の「那須野が原ハーモニーホール」に到着すると、大きな会場で緊張する私。

しかし、龍之介さんはスポーツ新聞で翌日の福島競馬をチェックしていた。さすがライブドアと丁々発止の戦いをしたフジテレビは太っ腹だ。

司会者に紹介される。

「では、今から、遠藤周作先生のご子息・遠藤龍之介さんと斎藤由香さんによる対談『父よ、あなたは変だった』です」

背がスラリと高い龍之介さんと一緒に、舞台に上がる。

遠藤「北杜夫先生やウチの父のことは、皆さん、ご存じだと思います。しかし家庭人としては、ちょっと違っていますので、子供から見た父親像とか、そんな話をしてみたいと思います」

斎藤「今日は龍之介さんが、小さい頃の写真を持ってきて下さっています」

スライドに遠藤先生と、幼い龍之介さんが囲碁をやっている写真が映される。

遠藤「ウチの父は五十五歳くらいから囲碁に凝っていましたけど、最後まで上達しませんでしたねえ。父にはよく『囲碁を教えてくれ』と言われ、対局していました。ハンディキャップをつけても二十回くらい連続で僕が勝ってしまい、母が、『ちょっとは負けてあげなさい』と言うんです。そうすると父が、『余計なこと言うな！』って怒ってました」

斎藤「そういえば、ウチの父は龍之介さんと将棋をやったことがありますね」

遠藤「北先生とは、二、三回やりました」

当時、龍之介さんは慶応高校の将棋部で、父は、「龍ちゃんに負けた」とひどく悔しがっていたのだ。

斎藤「父が初めて遠藤先生にお会いしたのは、昭和三十五年の秋だそうです。遠藤先生が結核で入院されていて、父が病室へお見舞いに行って、その場で対談したのが最初だと言っていました。遠藤先生が起き上がると、ヌボーッと大きくて、『背が高くて大きな男の人だなあ』と思ったそうです。そのあと親しくさせて頂いて、『狐狸庵vs.マンボウ』という対談集を出したり、軽井沢の別荘にお邪魔したり、大変お世話になりました」

遠藤「父と北先生は『樹座《きざ》』という劇団の文士劇でハムレットをやったり、いろいろと楽しいことがありました。母もあの頃が一番華やいだ時期だと言っています」

斎藤「龍之介さんは、いつ頃、お父様の職業が作家だと、おわかりになりましたか?」

遠藤「父が小説家だと気づいたのは十歳くらいの時です。父は夜型で、夜十一時から朝七時くらいまで書いていて、私が朝起きて、朝ごはんを食べる頃は寝ているわけです。学校で、『お父さんの仕事は？』と聞かれて、『寝ていることでお金を稼げる仕事』なんて書いたことがあります（笑）」

斎藤「あっ、私も父が夜中にゴソゴソやっているので、『パパが泥棒だったらどうしよう』と悩んだ時期がありました。社会科の授業で、『お父さんの職業は？』と聞かれて、私だけわからなかった。先生に、『家に帰って、お父さんに職業を聞いていらっしゃい』と言われ、夕食の時に聞いたんです。そしたら父が、『著述業だ』と答えたんです。『チョジュツギョウなんて、そんな変な職業はイヤだ』と大泣きして、吐いたのを覚えています」

遠藤「今日は由香ちゃんも、何枚か、写真を持ってきているんですよね？」

幼い頃の私が両親とブランコに乗っている写真を紹介する。まだ父が躁鬱病《そううつびょう》でなく平穏だった頃だ。二枚目は文学賞のパーティで父と遠藤先生の写真が映される。遠藤先生も父も髪が黒い。

遠藤「若いですねー。二人とも四十代くらいでしょうか？　そういえば、今日、由香ちゃんに、お客様から写真が届いたそうですが」

斎藤「昭和三十九年の『婦人之友』がお蔵にあったそうで、『グラビアに父と私の写真が載っている』と、持ってきて下さったんです。父の文章が載っていて、『二歳になった。数日前、椅子《いす》から落っこって持っていたフォークで鼻の横に怪我《けが》をした。父親にはあまりなつかない』と書いています」

遠藤「貴重な資料ですね」

斎藤「本当にわざわざ有難うございました。そういえば私が中学生だった頃、遠藤先生から、しょっちゅう自宅にイタズラ電話がかかってきました。片言の日本語で、『ハロー、ワタシ、キノウ、ニューヨークカラキタケド、アス、オアイスルヤクソクデス。オウチハ、ドコデスカ?』と言われて、『あれっ? 私、そんなことを約束しましたっけ?』と、父がオロオロとしていると、『ワッハッハッハッ。オレだよ、オレ！　遠藤だよ』と大笑いされていました」

何度も電話があったが、その度に父は騙《だま》されていた。

遠藤「実は、イタズラ電話に関して言うと、最初はウチの父が被害者でした。日曜日の昼間に、作家の梅崎春生さんから、『三時から、ボクシングの試合が始まるから、どっちが勝つか賭《か》けよう』と電話がかかってくるんです。それでウチの父は十五連敗くらいして、どうもおかしいと思っていたら、前の晩に試合があって、録画が放映されていたと気づいたんです。どこかで復讐《ふくしゅう》しなければと思ったようで、北先生が被害者になったんです」

斎藤「龍之介さんも電話で被害にあったんですよね」

遠藤「僕の場合は高校二年の頃、ガールフレンドからウチに電話がかかってくると、いつも家に居る父親が受話器を取るんです。『龍之介さん、いますか？』と言うと、父が、『アッ、この前の週末、息子と一緒に過ごされたお嬢さんですよね。こんな息子なのにどうも有難うございます』なんて言うものだから、僕が電話に出ると、もう切れているんです」

斎藤「ひどすぎる（笑）」

遠藤「父に抗議して、『もうイタズラを止《や》めてくれないか』と言ったら、『本当の愛というのは、いろんな障害を乗り越えるものだ』なんて言われるんですよ」

斎藤「父と遠藤先生はイタズラ好きが似てますね」

遠藤「似ていると思うのは、純文学を書きながら、ユーモア小説を書いているということですね。多分、シャイというのかな、そういうところがありました。最後に、父の晩年の思い出を話しておきますね。父は怖かった面がありまして、息子の自分が父の本を読んで何かを言うなんてとんでもないことでした」

あんなに社交的で、優しい遠藤先生でも、自宅では怖かったのだろうか？

遠藤「昔かたぎの文士でしたからね。隠れて父の本を読んでいたものです。ところが、最後の作品となった『深い河』を書いた時に、家を離れた僕の所に贈呈本を送ってきました。父が私に本を贈るなんてそれまで一度もなかったので、びっくりしました。それでどうしたんだろうと思いまして、『深い河』を読みました。すると今までの父の小説のモチーフが少しずつ入っています。ちょっと大河っぽい小説で、何か父の小説の総集編みたいな感じがしたものです。これを書いてしまうと、これから先もう書くものがなくなってしまうんじゃないだろうか、これが最後の作品になってしまうのではないだろうか、と予感がしたものです」

斎藤「それは遠藤先生がおいくつの時ですか」

遠藤「七十歳くらいだったと思います。もう重い病気になりかけていて、結果的にそれが最後の作品になりました。やはり親子というのは何となく予感みたいなものがあるのかなあ、と思いました。離れて住んでいても、同じ時間を共有しないでも、予感みたいなものがあると感じました」

ライトの中、龍之介さんの横顔を見ると、遠藤先生にそっくりだった。

斎藤「昨日の晩、夕食の後に父の寝室に行って、『明日、龍之介さんにお目にかかって、遠藤先生のお話をさせて頂くの』と言いました。最近、父はずっと鬱病で何も書く気力がなく、家でテレビを見ているくらいです。そんな父がボソッと、『ああ、遠藤さんのウチに行った頃は楽しかったなあ』と懐《なつ》かしそうに言ったので、私が、『パパ、遠藤先生のこと、そんなに好きだったの？』と聞いたら、父は、『とても尊敬していたし、大好きだった』と言いました」

栃木県大田原市での講演を終えると、他の講演者は宿泊されるというので、私は東京に戻るため、夜八時、一人で那須塩原駅に向かった。

昼間あんなに明るい日が差し込んでいた森も、夜になると静寂に包まれる。

見上げると星空で、その昔、父と軽井沢で花火をした時と同じ空だった。遠藤龍之介さんと父親達の昔話をしたのは初めてのことで、まだ胸が高ぶっていた。

講演資料になるかと、その昔、講談社から出版された『狐狸庵vs.マンボウ』を持っていたので、帰りの東北新幹線で、父の文章を読んだ。

「二年前の夏、私は軽井沢に小さな家を借りた。近くに大げさ大明神の遠藤氏が、その五倍ほどの家を借りて住んでおり、ちょっと寄ってみると酒をご馳走《ちそう》された。『君はどこにいるのだ。ああ、あそこの家？　あんな小っちゃなマッチ箱のような家にいるのか。ああ、情けない、なんというみじめな話だ！』と彼は叫んだ」

と書いてあった。

父はしょっちゅう、遠藤先生にからかわれていた。

ある時、遠藤先生が、「ウチの息子は、毎日、金貨をジャラジャラさせて遊んでおるんだ！」と、自慢されるので、父が見に行くと、龍之介さんがチョコレートの金貨で楽しそうに遊んでいた。

また、ある夏は、「キュウリ事件」が勃発《ぼっぱつ》した。

軽井沢から帰京する際、冷蔵庫に残っていたキュウリ三本が勿体《もったい》ないからと、父が遠藤邸に寄って、キュウリを置いて行った。

ちょうどその頃、父が安岡章太郎先生にある御礼でラインワインを二本贈った。

すると安岡先生はそれを随筆に書いたが、単に父がワインを贈ってきたかの如《ごと》く記述され、これを読んだ遠藤先生が立腹された。

「北は、安岡にラインワインを贈ったが、俺のところはしなびたキュウリ三本だ。人の家にやってきて、飲んだり食ったりして、キュウリ三本とは、北杜夫はなんというケチな男だ」

と遠藤先生がエッセイに書かれると、父には読者から抗議のお手紙が殺到！

「ずっと北先生の小説を読んでいましたが、こんなにケチな人だと思っていませんでした。今日からは遠藤先生のファンになります」

またある時は遠藤先生に、

「北君、今度のオレの軽井沢の家は土地は六〇〇〇坪で、部屋数は無数と言っていい。後学のために、ちょっと見にきたまえ」

と言われ、父と母が別荘に立ち寄ると、「子供にオシッコをさせるな！　親の教育が知れるぞ」と、遠藤先生直筆の立看板があった。

『狐狸庵 vs. マンボウ』の巻末に、遠藤先生が「あとがき」を書かれていたので読んでみた。

「北杜夫はキジンである。キジンとは貴人とも書き、奇人とも書くが、北氏はこの二つを兼ねそなえたキジンである。彼の別荘を夕暮れにたずねていくと、北氏が一人、サロンで椅子《いす》に腰をかけ、愁《うれ》いにみちた表情で煙草をすっているのを見る時がある。私を見ると、礼儀正しく家に迎えてくれて、礼儀正しく会話をして下さる。会話中、客を傷つける言葉も、他人を誹謗《ひぼう》する言辞も彼の口からは出ない。あるいは彼が落葉《から》松《まつ》林を馬に乗る姿を見ることがある。私の眼には貴公子に見える。貴人とはまさしく、彼のことを言うのであろうと、私はその時、思う。

だが、夜になり、氏が遊びにこられ、酒を飲み始めると、貴人は次第に奇人に変わっていく。タンタン狸《たぬき》の金の毛はという妙な歌を歌いはじめられ、宇宙人と地球人の恋愛について世界的大傑作を書くと口走られ、不思議な踊りをなさる。ヨレヨレの浴衣《ゆかた》を着た私は腕組みをして、ああ、これは文壇三奇人の一人に違いないと考える」

まさに、この時、幼い私は遠藤先生の別荘のソファに座っていた。ウイスキーの芳《ほう》醇《じゅん》な香りに包まれ、遠藤先生と父ははしゃいで楽しそうだった。遠藤先生がご健在で、父もまだ若かった。もっといろいろとお話をしておけばよかったと、涙がとまらなかった。

祖母・斎藤輝子との追憶タイ旅行

歌人・斎藤茂吉の妻であり、七十九歳で南極に行った祖母・輝子のことをよく思い出す。大病院のお嬢様として乳母日傘《おんばひがさ》で育ち、九歳で斎藤茂吉と婚約。一流を好みながら贅沢《ぜいたく》を嫌い、権力をものともせず、明治女の気骨をもって、関東大震災、東京大空襲などの困難を毅然《きぜん》と乗り越えた。

昭和二十年五月の東京大空襲では、五十歳の祖母と美智子伯母、父、父の妹が防空壕《ぼうくう》《ごう》に入ったが、祖母は全く動じることなく、謡《うたい》の本を読んでいたという。B29が低空を一機ずつ、東の方角から東京に侵入し、自宅の上で爆発音がした瞬間、父が慌《あわ》てて立ち上がると祖母はキリリと言った。

「宗吉、じっとしてらっしゃい！　チョコチョコするんじゃありません！」

大空襲で祖母の美しい着物が全部、燃えてしまい、「大奥様の大事なお着物が全部、焼けてしまって……」と、女中頭は嘆いたが、「きれいさっぱり焼けて、かえってさばさばしたわ」と、動じなかった。戦後、生まれて初めての貧乏な体験をしたが、その時も涙することなく乗り切った。

この強さはどこからくるのだろう？

いつの日か、この猛女・輝子について書いてみたいと思うようになった。願いはかなって、ついにこの度、輝子の生涯を描いた評伝エッセイ『猛女とよばれた淑女』を上梓することができた。

輝子との思い出は尽きないが、なかでも心に残っているのはタイ旅行だ。

昭和五十七年、私が大学生の頃、父が大躁病《そうびょう》で家はグチャグチャだった。海外から帰国した八十七歳の祖母は、お土産を持って遊びにきていたが、父が挨拶《あいさつ》もそこそこに、濡《ぬ》れタオルを頭に巻いて証券会社の人と電話でケンカをしたり、母に怒鳴っているのを見て、「宗吉はひどいわね」と言い残して、数分で四谷の家に帰ってしまった。

その時の父の躁病はなかなか終わる気配がなかった。ついには祖母が、「海外に連れて行ったら治るかもしれない」と言い出して、その年の四月、バンコクに、祖母と両親と私の四人で行くことになったのである。

バンコクに着いた翌朝、ガイドさんに水上マーケットへ案内された。船の上で果物や、麺《めん》類などを売っている水上生活者達を見るためだが、川に潜った子供達がバケツで水をかけてくる。

「キャアー、ママ、服が濡れた!! ビショビショ!!」

「ママもよ! 何これ!?」

みんな何が起こったのかわからず、ビックリ仰天。

祖母は憤然として言った。

「何ですか、これっ!?」

ガイドさんによると、ソンクランという水かけ祭りの時期と重なったそうで、各地で水をかけて新年をお祝いするのだという。

最初、服が濡れたと笑っていた私達も、そのうち、「これは大変なことだ」と思うようになった。子供達は、水を入れゴムで縛ったビニール袋を何十個も持っており、それを顔に目がけて投げてくるのだ。マンゴーやパイナップル、バナナなど、色鮮やかな果物を載せた船がきて、ほんの一瞬、気をとられて見ると、顔にガツンと石が当たった。「いっ、痛いーっ!!」

石だと思って見ると、氷がギッシリ入っていた。

「パパー! ビニール袋の中に氷が入っている!!」

「おばあちゃま、あそこにいるから気をつけて!!」

私はあまりの痛さに泣き、母も恐怖で悲鳴を上げていた。祖母も全身ズブ濡れだったが、私達と違って騒ぐことなく、平然としていた。

ようやく船が桟橋に到着し、ホテルで服を着がえる羽目になった。

その日の午後と翌日は、バンコク市内にある寺院を見学した。ガイドさんに、豪華絢爛《けんらん》で色鮮やかな寺院を案内されたが、祖母はトイレの心配ばかりしていて、

「ユカ、あそこにトイレがあるから今のうちに行っておいた方がいいわよ。お紙、あげましょうか? スリがたくさんいるから、気をつけなさい」

寺院よりもトイレとか、スリの話ばかりしていた。世界各国を訪れている祖母の知恵なのだ。

翌日はパタヤビーチに行ったが、さらなる出来事が私達を待ち構えていた。

バンコクからパタヤビーチはバスで二時間程の日帰りで行けるので、祖母はホテルで待つという。ところが、パタヤビーチに向かう途中、バスはエンストを起こし、小さな食堂前で停《と》まってしまった。日本人の乗客がぞろぞろとバスから降りる。

恐らく祖母がいたら、「ユカ、今のうちに、食堂のトイレに行っておいた方がいいわよ」と言うと思ったのでトイレに行くと、足を乗せるところが高くて落ちそうだし、

水洗でないため、便器の横にあるバケツの水を洗面器ですくって流さなくてはならない。トイレに行っただけで、すでにヘトヘトだ。「やっぱり外国だなあ」と、ビックリした。

しばらくすると、エンストを起こしたバスが動くというので、再び乗客達はぞろぞろと乗り込んだ。ようやくパタヤビーチに到着すると、エメラルドグリーンの大海原が見えた。

「バナナボート、アルヨ！」「ヤスイヨ、ヤスイヨ!!」

「海の家」があり、マリンジェットや水上スキー、シュノーケリング、バナナボートもあり、外国人の子供が「パラセーリング」をやっていた。砂浜でパラシュートをつけると、沖にいるボートがすごい勢いで引っ張る。すると、ふわーっと空高く舞った。そして再び砂浜に着地。

その様子を見て、私が、「わあー、子供でもできるんだから、パラセーリングをやってみたい！　パパも一緒にやらない？」と誘うと、躁病の父は、「よし、オレ様もやるゾ！」と、大声で言った。

まずは私の番だった。

「ココニ、アシヲトオシテ、ロープヲモッテクダサイ。オリルトキハ、コノロープヲ、ヒッパッテクダサイ」

　パラシュートのバンドに足を通し終えると、砂浜にいるタイ人が沖合いのボートにGOの合図である旗を振った。あっという間に、空中へ。砂浜では父と母が手を振っていた。海水浴客が小さく見える。

　しばらくすると、砂浜にいるタイ人がまた旗を振り、

「ヒッパッテーッ!! ヒッパッテーッ!!」

　と叫ぶ。風が強いのでロープを引っ張るのに力がいる。私が海に落ちたら大変だと必死でロープを引っ張ると、ふわーっと砂浜の上に着陸した。次は父の番だ。

「すごくいい気分だよ！　パパも頑張ってね！」

　タイ人が父にいろいろと説明をするが、父は大躁病のため、ドイツ人のふりをしてドイツ語をしゃべったりして話を聞いていない。

　ようやく、沖合いのボートが走り出すと、父もふわーっと空高く飛んだ。

「パパが飛んでいる！」

　母はニコニコ笑っていた。私は波打ち際を走り、「パパーッ！」と、一生懸命に手を振った。ボートが海上を数周走り、しばらくして減速すると、タイ人が、「ヒッパッテ、ヒッパッテ」と言うが、父は手を振ったままで、ロープを引っ張る気配が見え

ない。

タイ人は大声で叫ぶ！

「ハヤク、ヒッパッテーッ!! ヒッパッテーッ!!」

「パパーッ！ パパーッ！ ロープを引っ張らないと海に落ちちゃうよーっ!!」

そのうち、パラシュートがしぼみ始め、父は沖合いの海にザブンと落ちてしまった。

「キャーッ、パパ、大変!!」

タイ人が大慌《あわ》てでミニボートで父を助けに行くと、父は全身ビショビショで砂浜に帰ってきた。その姿に母も私も大笑いした。

「パパは、ガイドさんの説明を聞いてないからだよ」

その日の夕方、バンコクに戻り、祖母に父が海に落ちた様子を話すと、

「パラセーリングは私もやってみたいと思ってるの」

と、八十七歳の祖母がケロリと言ったのでタマゲタ。

祖母も元気で、父もヨタヨタでなかったタイ旅行。ソンクランの水かけ祭りでみんなビショビショになり、パラシュートで大笑いした。

あのソンクランをもう一度体験してみたい、祖母との思い出を味わいたいと、二十四年経《た》った二〇〇六年、母を誘ってバンコクを訪れた。

夕方、母とバンコクに到着すると、もわーっとした空気に包まれる。早速、インターコンチネンタル・ホテルに向かうが大渋滞。クラクションの音がすごい。ソンクランのために国全体が盛り上がっているらしい。

ホテルに到着し、荷物を置いて大通りに出ると、「いったい、どこからきたの？」と思う程、何千人もの人。屋台では鳥の唐揚げや果物、麵《めん》、下着のブラジャー、パンツまで売っていた。

今回は祖母・輝子を思い出す旅である。祖母は美食家で優雅なことが好きだったから、「ペニンシュラでの夕食を喜ぶかもしれない」と、奮発して予約を入れた。

ホテルからタクシーでペニンシュラに向かうと船着場で降ろされた。ここから船で対岸にあるペニンシュラに行けという。タクシーを降りると、歯がボロボロのタイ人がきて値段交渉。一〇〇バーツ（三〇〇円）だという。コンクリートの橋げたをよじ登り、沈没しそうなボロボロの漁船に母と乗り込むと、船は対岸にあるペニンシュラに向けてゆっくりと出航した。船から見るペニンシュラは黄金色に輝きヤシの木が揺れる。途中、美しい船とすれ違う。

「ユカ、あれがペニンシュラ専用の船だわ！」

私達はペニンシュラの渡し舟の場所でなく、違う場所に降ろされたのだ。

ようやく対岸に着くと、「オー、ウエルカム！」と、ホテルのボーイが手を差し伸べてくれた。ボロボロの漁船から憧《あこが》れのペニンシュラに到着。屋外プールもトイレもどこも美しい。予約していたタイ料理はテラスレストランだった。かがり火が川面を幻想的に照らし、ロマンチック。まずはトムヤンクンスープを味わう。プリプリの海《え》老《び》とフクロ茸《たけ》が入っており、スパイシーな辛さと酸味が絶妙である。

（輝子おばあちゃまは、この店、気にいるかなあ？）

生前、祖母とレストランに行くと、「美味《おい》しくないわ」とか、「フレッシュフォアグラはないの？」と無理難題を言っていたのを思い出しておかしくなった。

没後二十年も経っているのに強烈な印象を残した祖母恐るべし。

二日目は、「暁の寺」と呼ばれるワット・アルン、王宮、黄金の涅槃《ねはん》仏で有名なワット・ポーなどを見学した。きらびやかな寺院を見ながら、炎天下、白のパラソルをさし、真っ白なワンピースを着て黒のサングラスをかけた祖母が目に浮ぶ。とても日本人の老人に見えず、中国マフィアの女頭目のようだった。おばあちゃまは天国で元気だろうか？　威張っているだろうなあ。

三日目にアユタヤに向かうと何百台もの車で大渋滞。トラックからはタイミュージックが大音響で流れ、屋根のない荷台には水を入れた巨大タンクが載せてあり、十数人もの子供達が荷台で踊っている。「ディンソーポーン」という白い粉を顔に塗っており、オバケのよう。みんな洗面器を持っていて、車がすれ違う度にお互いに水をかけるので全身ズブ濡《ぬ》れ。オートバイに乗っている人にも水鉄砲で容赦なく攻撃する。ソンクランが、「水かけ祭り」と言われる由縁だ。

最終日、祖母と両親と一緒に訪れた、市内にあった水上マーケットを探してみると、十年以上も前になくなったという。仕方ないので、郊外にある水上マーケットに向かうが、昔のように川に潜っている子供は数人だけで、全身ズブ濡れになることもなく寂しかった。

飛行機が夜十時発なので、小泉首相も訪れた「ソンブーン」のプーパッポンカリー(蟹《かに》のカレー炒《いた》め)を食べに行こうと、トウクトウクという、座席があるオートバイに乗った。信号で止まった瞬間、子供達が水を入れた洗面器を持って、ニコニコと近寄ってきた。

バシャーッ!!

母も私も全身ズブ濡れ。パンツまでビショビショだ。その昔、祖母と水上マーケットに行き、子供達にビショビショにされた、あの時の水と同じ匂《にお》いだ。

今は亡き輝子との旅がよみがえるようだった。

輝子は七十九歳で南極に行き、八十九歳まで世界百八ヶ国を飛び回り、亡《な》くなる時も長患いはせず、まさにピンピンコロリの人生だった。

しかし、輝子の生涯は波乱万丈だった。実家である四千五百坪の青山脳病院の全焼、東京大空襲、茂吉との不和による十二年もの夫婦別居、おまけに二人の娘にも先立たれた。それでもくじけず、後悔することなく、いつも前向きに生き、鬱《うつ》になることもなかった。

日々、仕事に疲れ、生きることに疲れ、鬱病になりそうだと思っている方が、『猛女とよばれた淑女――祖母・齋藤輝子の生き方』を読んで、「明治生まれのこんな変わったお婆《ばあ》ちゃんがいたんだ」と知り、少しでも元気になって頂ければうれしい。

伯父・斎藤茂太《しげた》との別れ

伯父である斎藤茂太が九十歳で亡くなった。歌人・斎藤茂吉と猛女・輝子の長男である。両親の別居があったり、戦争があったりと、波乱万丈の人生を過ごしてきたが、社交的で明るくて、伯父の周りにはいつも笑いがあった。

私が小学校一年生の時から父が躁病《そうびょう》となり、家はグチャグチャ。「バカ！　テメエ、野郎！」と母を怒鳴り散らす。父は、「株で儲《もう》けて映画を製作したい！」と株の売買に熱中し、家は破産。出版社や友人の作家にも借金を申し込むので、その度に母との大バトルが勃発《ぼっぱつ》。

「あなた、もういい加減にして下さい！」

「喜美子《きみこ》は作家の妻として失格だ！　遠藤さんの家を見ろ！　阿川さんの家を見ろ！　ウチよりもっとひどい！」

父が狂人のように株を売買したり、証券会社と大ゲンカする度に、母は伯父や伯母に電話をしていろいろアドバイスをもらっていた。

伯父は親戚《しんせき》の結婚式などで会うと、「ごきげんよう」と優しく挨拶《あいさつ》してくれる。母の輝子が学習院卒だったので日本語は美しい。家族だけでなく誰に対しても丁寧な言葉を使う。ある時、新郎新婦へのスピーチで、

「二人とも七〇パーセントで満足するのよ。いい？」

と語った。幼い私にはその意味がわからなかったが、最近、ようやく伯父の気持ちがわかるようになった。

その昔、精神病は恐しいものという意識があり、誰もが精神病を口にするのを憚《はばか》る時代から精神科医として患者さんと接してきた。どんな偉い人間でも心を病んだり、つらいことがある。誰もが歯医者さんに行くみたいに自然に病院へ行けるよう、そのハードルを低くするよう苦心してきた。つまり人間が生きていく苦悩や、つらさを知っていたのだ。だからこそ誰に対しても優しかったのだろう。

生前、伯父との共著『モタ先生と窓際ＯＬの人づきあいがラクになる本』（集英社）の出版のために初めてインタビューしたことがあった。伯父は同じ敷地内で息子、娘達と五家族で暮らしており、インタビューは長男の家で行うというので、伯母や大学生の孫まで集まり、親戚一同が集合したかのような明るい雰囲気に包まれた。

それまで伯父に私自身の悩みを話したことはなかったが、自分のもつ悩みを素直に語った。小さな幸せで満足できず、すぐ隣の芝生が青く見える。苦労は嫌だが、すぐに「もっともっと」と思ってしまう。他人に完璧《かんぺき》を求めるクセに自分には甘い。人間関係はすべて良好でありたい。将来が不安で目先の得に滅法弱い私。

まさに欲望世代の私に、九十歳の伯父から、

「ユカ、そんな生き方じゃダメですよ」

と、厳しくもあたたかいアドバイスがあった。つらい時、悲しい時があっても、ちょっとした気の持ちようで心が救われたり、ラクになる方法があるのだということを教えてくれた。伯父の言葉を聞いて、本物の教養というのは学校の成績のためではなく、人生を楽しくイキイキと生きるためのコツだったのだと悟らされた。

少し前から伯父は体調を崩し、入院していた。父母と一緒にお見舞いに行くと、酸素マスクをつけた伯父が嬉《うれ》しそうに父に手を伸ばし、父は「お兄さま」と、その手を強く強く握っていた。父と伯父は十一歳も年齢差がある。幼かった父にとり、伯父は大人で家長の雰囲気があったから頻繁に会って酒を酌《く》み交わすような兄弟ではなかった。結婚式などで会う伯父はタキシードが似合い、雲の上の人に見えた。一方の父は躁鬱病の変人で同じ兄弟とは思えない程かけ離れていたが、初めて伯父と父との距離

が縮まった気がして涙した。

伯父が亡くなった夜、大雨の中、父母と伯母の家に駆けつけると、廊下に伯父と父の古いモノクロ写真が飾ってあった。箱根の別荘での写真で、「1929年茂太・宗吉」と伯父の手書きがあり、十三歳の伯父と二歳の父だった。父は無言で写真に見入っていた。

十二月三日（日）は、伯父・斎藤茂太の葬儀だった。当日、青山葬儀所へと向かう途中、外苑前の銀杏《いちょう》並木は見事な黄金色だった。母が運転しながらつぶやいた。

「輝子おばあさまが亡くなられたのも十二月十六日で、あの頃も銀杏並木がきれいだったのよね」

伯父は亡くなる三週間前、上部消化管出血で緊急入院した直後に心肺停止に陥った。絶望的と言われたその夜、奇跡的に蘇生《そせい》し、集中治療室から一般病棟に移るほど回復したのだ。

お医者様からは、「退院」という言葉も出る程だった。心不全で息を引き取るまで、家族が見舞いに行くと手を振ったり、言葉を交わすこともできた。

通夜では、伯父らしい「スマートな死に方」に感嘆の声があがった。九十歳にもかかわらず、杖《つえ》もつかず、ボケてもいない。最後まで現役で、亡くなった時点で、四、五本の原稿と、数本の企画を抱えており、曾孫《ひまご》達と遊んだり、来年一月五日からの豪華客船「飛鳥《あすか》II」のクルーズを楽しみにしていたという。ほんとうに幸せな晩年だったと思う。

青山葬儀所に到着すると、中庭の真っ赤な紅葉が目に鮮やかだった。いつも華やかで賑《にぎ》やかなことが大好きだった伯父にふさわしい、午後の木漏れ日だ。

葬儀では、「伯父らしい祭壇にしよう」と息子達が考案した祭壇で、たくさんのカサブランカと白バラ、そして世界各国の航空会社のフライト・バッグを陳列していた。伯父は本業のかたわら、多くの趣味を持っており、中でも飛行機に関するコレクションは凄《すさ》まじい。機内の小物からファーストクラスのシート、機長の制服や帽子、コート、果てはタラップまで集めていた。

その飛行機コレクションの原点とも言うべきものがフライト・バッグで、四百個もあった。その中から希少価値のあるバッグ八十個を厳選し、祭壇に陳列。

真ん中にはニッコリと微笑《ほほえ》む伯父の写真があった。

日本精神科病院協会会長や山形県知事、兼高かおるさんからあたたかい弔辞を頂戴した。

斎藤病院の院長である次男の章二が伯父の最期《さいご》の様子を説明し、最後に、喪主の伯母に代わり、長男の茂一が挨拶《あいさつ》に立った。

「……ここからすぐの所にあった青山脳病院が空襲で焼失した数年後に四谷でクリニックを開き、再建に奮闘していた頃の父を忘れることが出来ません。世間では、『ユーモア好きのモタ先生』などと呼ばれていましたが、寝食を犠牲にして働く父は近づき難く、恐くて口もきけない時期があったほどです。外面と内面が一致するまでずいぶんと長い時間を要しましたが、その当時の父の姿を忘れることは決してないでしょう」

父は結婚前、伯父の斎藤病院に居候《いそうろう》していた。

「昔、パパが茂太お兄様の家で夜中まで原稿を書いてダイニングに行くと、美智子お義姉様《ねえさま》が大学ノートに病院の様子を記し、こっくりされていた。お兄様もお義姉様も大変なご苦労をされたんだよ」

といつも聞かされていた。

伯父は病院長の他にいくつかの大学の講師もしており、昼食を取る時間もないので伯母が車に同乗し、サンドイッチを口に入れていた。クリニックは患者さんと同居の上に三人の息子と娘がいた。しかも超マイペースである猛母・輝子との同居は大変な苦労があった。

茂一の言葉が続く。

「本日、生まれ育った思い出深い青山の地で皆様とお別れができることを父は大変喜んでいると思います」

周りからはすすり泣きが聞こえ、茂一も万感の思いで言葉につまった。

「……父の遺骨はここ青山墓地の『茂吉の墓』の隣にある『斎藤家之墓』に納められますが、あの祖母・輝子と同居になるので、暫《しばら》くはストレスの日々となるかも知れません」

と語ると、静寂の中、笑いが起きた。祖母である輝子は自由奔放で自己チューの典型。伯父も父もいつも困惑していた。お墓での輝子とのバトルはどんな展開になるのだろうか。

今や三人に一人が鬱病になるといわれる時代である。多くの方々が身体だけでなく、心の健康を大切にされ、お元気で生活していただきたいと、伯父の遺影を見ながら思った。

特別対談　競争社会を楽しく生きるには

評論家　宮崎哲弥
窓際ＯＬ　斎藤由香

宮崎　「週刊新潮」での連載「窓際ＯＬ　トホホな朝ウフフの夜」を読むといつも、「こんなこと書いてこの人は大丈夫なのか、本当に会社にいられるのか」って思います。あるいは、「この人は何か会社の特別な秘密を握っているに違いない」と。本当は何か握ってるんじゃないですか？

斎藤　えーっ、何も握ってないですよ。

宮崎　うーむ。それなら、ここまであけすけに会社の話題を書いていて許容されるというのは、何という大らかな会社なんだろう。小ネズミ部長とか、食べてばかりの胃袋部長とか、大丈夫なの？

斎藤　小ネズミ部長はウチの会社の広報部長なんですよ。あれでも（笑）。

宮崎　あまつさえ、連載が漫画化までされ、それも許されるというのはすごい会社だなあと思います。少しは軋轢《あつれき》があるんじゃない？

斎藤　六年間コラムを書かせて頂いていますが、事前の原稿チェックは一度もなく、人事部からも怒られたことがないです。社長からは、「ジャンジャン書きなさい！」と言われています。「奇人変人大歓迎」の社風なので。

宮崎　そりゃすごい。「週刊新潮」が初めて書いた商業的な文章だったんですか。

斎藤　もちろんそうです。それまで書いたことないです。

宮崎　そうとは思えない！　だって、会社の内幕というか、ＯＬの事情があれだけ読みやすく書いてあるんだもの。週刊誌は男性読者が多いんだろうけど、彼らにとって、職場のＯＬからどういうふうに見られているのかというのは非常な関心事でしょう。そこが見事に描かれていますよね。で「あ、こういうふうに見られているんだな、おれは」と、やっとわかる。「こういうふうに思われちゃうとやばいな」というのがわかってくる。

斎藤　「お手伝いさんは何でも知っている」ではないですが、ＯＬって、会社の情報って何でも耳に入るんです。どの部長が太っ腹だとか、ヒラメ部長だとかって。

宮崎　執筆するきっかけは何だったんですか？

斎藤　「マカ」という健康食品をＰＲしていたら、「あの会社で精力剤を売り歩いているバカ女がいるらしい」と「週刊新潮」編集長の耳に入ったそうで、編集長から「精力剤のコラム、チビ・デブ・プラス・インポの話、風俗体験ルポを書いて下さい」って、話がきたんです。

宮崎　由香さんは、会社をインサイダーでありながら部外者的な目で見ている感がします。そういう人って、男だと非常に少ない。例えば、日航の社員だった深田祐介さんの『新西洋事情』は半分ぐらい会社の話だった。あの作品はインサイダーとしての視点、つまり会社における男の目から書かれている。それとはまったく違うものがここにある。だから会社員の男性にとっては新鮮なんだと思います。

社会が鬱病《うつびょう》をふやしている？

斎藤　以前、宮崎さんが新聞のインタビューで、「会社に入ってすぐやめちゃったり、出社拒否になる若者が多いけれども、そもそも働くというのは食べるためなんだ」って語られていたのがとても新鮮でした。私は父が鬱病だったこともあるので、「どんより気分になる人のために何かできることはないか」と、いつも思っているのですが、宮崎さんは、今の若者たちや、鬱病の人たちに伝えたいことはありますか？

宮崎　軽鬱病はものすごい勢いでふえています。軽いからと言って馬鹿にしちゃいけなくて、「鬱病のために自殺」という報道を目にすることも多いけれど、自殺については、軽い鬱病こそ気をつけないといけない。重度の鬱病になると死ぬ力もなくなってしまう。ずっと寝てるしかなくなるので自殺願望はあったとしてもなかなか死ぬことができない。周囲の注意がすこし甘くなってしまうこともあって、一番危ないのは比較的軽微なまだ活力が残っている鬱病とか、重いのが治ってきた人。それが今はものすごい数で増えて、会社でもメンタルケアの問題って重要になってきていますが、由香さんの会社はどうですか。

斎藤　そうですね。労働時間とか、心の健康とか、しっかり考えていますね。ウチは。お酒の会社なので「飲みニケーション」が多い。上司と飲みに行き、ちょっとした言葉で救われることとってあるんですよね。私も人事考課が悪くて落ち込んでいた時、小ネズミ部長が「気にすることないよ」って言ってくれて救われて、その時だけ、大ネズミ部長に見えました（笑）。

実は、友人が鬱病になってしまったんです。超一流会社の孫会社で働いていたんですが、人事部長が怒鳴る人で、それが原因で具合が悪くなってしまった。

宮崎　それで会社を休んで病院に行き、診断書を出したんです。鬱病になった原因として、「上司が怒鳴るから」と書いてあり、その診断書を会社に提出したら、その部長が、「上司を批判するようなことを医者に言った。この診断書は受理できない」と激怒して、診断書が会社から返送されてきたんです。

斎藤　ひどい話だけど、珍しいことではなくなっていますね。

宮崎　その友人は、診断書は受理されず、かといって労働基準監督署に訴えようと思っても鬱病で訴える気力もない。軋轢に巻き込まれるのが辛《つら》いあまりに家でずっと寝ていることしかできなかったんです。そうしたら、半年ぐらいして会社から呼び出され、「働いていいから」と言われたので頑張って会社に行くようになったんです。ところが二週間後に部屋に呼ばれると、部長や課長が五人もいて、「きみは半年休んでいたけれども誰も困らなかった。君にやってもらいたい仕事はないということだ。それでも残りたいの?」って。いわゆる「窓のない部屋」に追いやられるような仕打ちです。「やめるなら退職金を払う」と言われて。結局、彼女は安い退職金で、その場で印鑑を押させられました。「ここまで望まれてなくて、ここまで嫌われている会社に残るのは辛い」って。

宮崎　そういうケースは、これからどんどん増えてきます。じゃあ、どうするか。

これまで男の人はずっと会社のインサイダーだったんですね。会社と一体化し、会社を通じて自己実現を果たそうとする生き方です。でも、そういうのはもう考えない、というのが一番いいと思います。会社勤めは食うためにやっているんだ、ぐらいに考える。仕事を通じて生きがいを探すとかではなくて、とりあえず目の前にある課題をこなす、それは食うためなんだ。そんなふうに考えて、生きがいは別のところで獲得していくんです。

斎藤　新聞や本を読んでいると、宮崎さんのようにスパッとおっしゃられる方は今までいませんでした。一流企業で出世した人達って、「頑張れば必ずチャンスがあります」と言いますが、頑張ってもどうにもならないことって多いんです。チャンスがある人は何万人の一人ですよ。でも若い人たちは成功者の言葉を信じて会社に入ってくる。ところが会社に入ると、多くの会社は理不尽なことばかり。尊敬する上司がいて、キャリアアップのチャンスを与えてもらえると期待していたのに、実は上司を尊敬できなかったり（笑）、キャリアアップのチャンスもすぐにはない。いろんなことが不公平。それまで大事に親に育てられ、人生の主人公だったのが、社会に入るとみじめな「僕《しもべ》」になる。そんなときに、「会社は食うためだ」とスパッと言ってもらえたら、ずいぶん楽になります。

「自分探し」に翻弄《ほんろう》される若者も減るんじゃないですか？

女性にも能力主義の波が

宮崎 少し前の男性は、生きがいとか、理想的な自己の形成の機会を会社が与えてくれる、という「お話」の中に巻き込まれていたんだけれども、女性は違っていました。なぜかといえば、多くの会社は男性主義だから。男女の間に差別構造がある。女性には「見えない天井」があって、出世したとしても限界がある。となれば、そもそもそんなところで一生懸命やって頑張って男と伍《ご》してやって、いったい何の意味があるの？というような、いわば半身の構えで、女性は会社とかかわっていた。でも何だか最近は、女性のほうが会社人間になってきているような感じがするよね。

斎藤 私が入社した時代はまだ女性の課長は少なかったんです。それが今は部長も課長もすごく増えました。この間も、私の同期でダメ社員仲間だと思っていた友達とお昼を食べていたら、「今度、課長研修なの」と言う。「えっ、課長研修に行くの？」とビックリ！　今まで同レベルだと思っていて、「私たちってダメだよねえ」と言い合っていたのに「課長研修」に行くということは、とっくに課長という資格になっていたわけです。私が課長になるためには、あと一個も二個も越えなくちゃいけないハードルがあって、その間に六十歳定年が来る（笑）。入社したころは、みんな同列だったのが、格差社会に分かれてきた。それはすごいショックです。私が所属している健康食品事業部でも、三歳年下の女性が異動してきて、「Aちゃん、何でも私に聞いてね」とか言っていたら、すぐ彼女は課長になりました。向こうはその後も「由香さん」って呼んでくれるけど、私の方は今まで「Aちゃん」と呼んでいたのを「A課長」って呼んだり、「何でも私に聞いてね。今日、お昼に行かない？」と誘っていたのを遠慮したりして。そんな小さなことを気にする自分も嫌です。

宮崎　それは辛いよね。

斎藤　昔は、女性が部長のお茶を入れて机上をふいてニコニコしていて同列だった。それが今や、女性も成果主義になり、キャリアアップを目指す。社内でも留学制度を活用してハーバード大などに留学してMBAを取得して戻ってくる。女性も男性と一緒に並ぶようになって、もう可愛《かわ》い子ちゃんだけじゃいられなくなっちゃった。そんなわけで、私、毎年の人事考課がショックで、必ず階段から落ちるんです。これ、去年の傷です（と、脛《すね》を見せる）。

宮崎　すごい傷じゃないですか（笑）。女性にも能力主義と格差の波が訪れて、斎藤由香のパラダイスは崩壊したんですね。

斎藤　もう出世は絶対無理ですからね。中年女となり、可愛いくて優秀な二十二歳がどんどん入社する中、六十歳の定年まで、私はどういう心持ちで過したらいいんでしょう？　今でもいたたまれない気持ちなので恐ろしいです（笑）。

宮崎　女性にも男性と同じような実力主義と格差の波が訪れてきて、そういう波に巻き込まれざるをえなくなっていくのが、由香さんは嫌なんですね。でも、日本の会社は、それだけきつくなってきているんです。だいたい、グローバルな競争にさらされているところから厳しくなっていく。サントリーのようなのんびりした社風の会社にも社会全体の流れがやってきたんです。製造業とか商社は、かなり前からそうなっていたし、最近は金融業も例外ではなくなっている。

会社と自分を切り離す

斎藤　こんな競争社会で、辛いと思わずに、楽しく生きていく方法はありますか？

宮崎　それには会社と自分を分離して生きていく以外にないよね。「多重帰属」という言葉があるんです。先ほど言ったように会社を中心として、会社にアイデンティのほとんどを捧《ささ》げるような生活をしてきた人は「一重帰属」なの。あるいはたいていの人は会社と家庭、せいぜいその二つへの帰属で終わってしまう。そうではなくて、会社と家庭との間に、帰属できる対象を作るんです。会社を離れて、趣味の会とか、大学時代のつき合いとか、ネットで知り合った人たちとか、そういうさまざまな帰属の対象があって、家庭に至る。これが多重帰属です。その中でアイデンティティを分散的に担保していくという生き方が、これから一般的になるんじゃないかな。

斎藤　あー、なるほど。

宮崎　そうなると会社は、雇用している人間の一部の能力を刺激して使うという場所でしかなくなってくる。逆に雇用される側としては、やっぱり食うためにやっているんだというぐらいに考えれば楽になる。

斎藤　そういうふうにおっしゃってくださると元気になれそうです。私も明日から、会社生活を頑張ろうって。「やってみなはれ」の社風もあるし。

宮崎　しかも由香さんは「週刊新潮」に書いているわけだから、すでに多重帰属なんですよ。

斎藤　でも連載はいつ終わりになるかわかりませんからウカウカしていられません。

宮崎　ところで宮崎さんはテレビと文筆の両方でご活躍ですが、今のご自分を、学生時代からイメージされていたんですか？　たくさんのCMにも登場されて。

斎藤　全然。もともとは「裏方」になろうと思っていた。編集者とかプロデューサーとかになるだろうと思っていたんですけれども、なぜかひょんなことからプレーヤーの方になってしまいました。だから、ちょっと人生を間違ったなあ、という感じは持っています。自分としては余りふさわしいことをやっていない、という思いがずっと抜けない。ふと夜中目を覚まして「ああ、おれは何をやっているんだろう一体」と思ったり。

宮崎　週に二回、東京と大阪を往復されてテレビに出演されているそうですが、お疲れになりませんか？　ご健康なんですか？

斎藤　疲れない。そこがいいところ。頑丈なんですね。テレビ業界は躁《そう》鬱病とか、鬱病が多いんですよ。僕はそれがなくて精神状態が割と一定。たたかれても落込まないし、褒められても舞い上がらない。

宮崎　お仕事の上で、これだけ目立つ立場にいらして、批判されることもあると思いますが、そういう気持ちはどうやって獲得したんですか。

斎藤　やはり仕事にのめり込まないのがポイントです。だからあちこちから批判を浴びてもそんなに気にならない。

斎藤　落ち込まないし、しかも、言いわけもされないなんて私には無理です。

宮崎　仕事をしている自分が「自分の全て」になっていると、うまく行かないときの対処に余裕がなくなってしまう。いろんなところに帰属していれば、仕事でうまくいかなくても、他で落ち着きを取り戻して体勢を立て直せるでしょ。

斎藤　窓際ＯＬでも勇気が出てきました！　いろいろあるけど、「やっぱり会社は楽しい」という気分になれて、これって宮崎さんのお陰です！　本日はテレビの収録前でお忙しい中、本当にありがとうございました。

（平成二十年一月、ホテル西洋銀座にて）

「週刊新潮」平成十七年十一月十七日号より平成十九年九月二十日号に連載されたコラム「窓際ＯＬ　トホホな朝　ウフフの夜」より抜粋。なお「アマゾンの墓標——熱帯濁流紀行——」は「小説新潮」平成十九年六月号掲載。文庫化にあたり加筆した。

窓際《まどぎわ》OL　親《おや》と上司《じょうし》は選《えら》べない

新潮文庫　さ－60－3

平成二十年四月一日発行

著者　斎《さい》藤《とう》由《ゆ》香《か》

発行者　佐藤隆信

発行所　株式会社 新潮社

郵便番号　一六二―八七一一
東京都新宿区矢来町七一
電話 編集部(〇三)三二六六―五四四〇
読者係(〇三)三二六六―五一一一
http://www.shinchosha.co.jp

価格はカバーに表示してあります。

乱丁・落丁本は、ご面倒ですが小社読者係宛ご送付
ください。送料小社負担にてお取替えいたします。

印刷・大日本印刷株式会社　製本・加藤製本株式会社

ISBN978-4-10-129573-2 C0195